Harald J. Krueger

Der Fluch des Wissens

Für Wiebke

Harald J. Krueger

Der Fluch des Wissens

Roman

Alle in diesem Roman dargestellten Personen und Ereignisse sind fiktiv. Ähnlichkeiten mit realen Personen und Ereignissen wären zufällig und nicht beabsichtigt.

1.

„Oh nein, nicht wieder dieses Martyrium", stöhnte Ulla. Sie stand im luftigen Seidennachthemd vor dem Badezimmerspiegel und starrte auf die krebsroten Wundmale. Die Striemen auf den Innenseiten der Unterarme schimmerten rosa. Der rostbraune Schorf hatte sich noch nicht gebildet. Leid erfahren prüfte Ulla, ob diesmal auch wieder die Waden befallen waren. Natürlich. Der kaum zu widerstehende Juckreiz über den Fußgelenken hatte es ihr an sich schon verraten. Ihr Ausschlag erblühte wieder. Ausgerechnet mitten im Juli am Südzipfel Spaniens. Die Tagestemperaturen verboten verbergende lange Ärmel und Hose. Was hatte sie diesmal falsch gemacht?

Beim ersten Mal, vor sechsundzwanzig Jahren im Hamburg beim mündlichen Abitur, wurde es mit dem Verzehr von Miesmuscheln erklärt. Inzwischen konnte Ulla über diesen Ärztewitz lachen. Zum Glück verschwanden damals das Jucken und der Schorf so rasch, wie der Ausschlag gekommen war.

Beim zweiten Mal, vor zirka sechs Jahren, war sie monatelang gequält worden. Die Hamburger Ärzteschaft schwamm seiner Zeit auf der Allergiewelle. Ullas Ausschlag wurde deshalb auf jede noch so unsinnige Ursache hin untersucht. Behandelt wurden die nachts wundgekratzten Stellen mit einer Apothekensalbe, die sich schon ihre Mutter als junges Mädchen mit mäßigem Erfolg aufgetragen hatte. Zum Glück verschwand das Übel noch vor dem großen Umzug nach Spanien.

Mit diesem Erfahrungsschatz blickte Ulla jetzt in den Spiegel. Eigentlich sah sie gesund aus, befand sie. Früher wurde sie oft als magerer Knochen gehänselt. Erst in den letzten Jahren hatten rundende Polsterungen das Bohnenstangenhafte verdrängt. Jetzt mit vierundvierzig hatte sie die Figur, die viele Frauen gerne mit vierunddreißig noch gehabt hätten. Ihre blonden Haare lagen naturgewellt auf den Schultern. Sie waren lichter geworden, was Holger, ihr Ehemann, so lieb bestritt. Die Fältchen um ihre hellblauen Augen und auf den schmalen Händen bewiesen allerdings zweifelsfrei: Sie alterte. Beschleunigte der Rückschlag des Ausschlags das etwa sogar noch? Wie so oft fragte sie sich, ob das ihren baldigen Tod ankündigte. Ausgerechnet in diesem Augenblick schlug auch noch die antike Standuhr in der Eingangshalle bedeutungsvoll die neunte Stunde. Hoffentlich läutete da kein böses Omen. Jetzt musste sie sich mit der morgendlichen Toilette beeilen, um Maria, die Putzfrau, angezogen ins Haus zu lassen.

Wie an jedem Montag, Mittwoch und Freitag klingelte Maria zwischen viertel nach neun und halb zehn. Bis halb zwei putzte das kleinwüchsige Kraftpaket das Haus und bügelte die Wäsche.

Nach der Begrüßung wollte Ulla prüfen, ob noch ein Rest der Salbe in ihren Arzneikartons schlummerte. Entschied dann aber, dass selbst wenn, sie bedenklich alt wäre. Eigentlich sollte man die Medikamentenreste, die sie in ihrer sechzehnjährigen Ehe gehortet hatte, komplett wegschmeißen. Freilich, man konnte ja nie wissen, möglicherweise war man mal froh, davon etwas griffbereit zu haben. Zumal einige Döschen und Schachteln nie geöffnet worden waren. Früher beging sie den Fehler, die Packungsbeilage zu lesen. Meistens verzichtete sie dann lieber auf die Anwendung. In den letzten Jahren mied sie tunlichst diese Überinformation. An sich waren sie beide noch nie ernsthaft krank gewesen. Dennoch sah sich Ulla bei jedem Schnupfen dem Tode nahe. Auch jetzt kroch ihr diese ungebetene Furcht wieder ins Bewusstsein. Wenn nur die Zukunft nicht so im Dunklen läge!

Melancholisch verzog sich Ulla in ihr Atelier, setzte sich an die Arbeitsplatte und starrte in den Garten. Der Blick verzauberte sie jedes Mal wieder. Der Rasen war gepflegt wie der nebenan auf dem Golfplatz. Die kappelige Wasseroberfläche im Schwimmbecken funkelte in der Morgensonne. Hinter der Lebensbaumhecke flimmerte das Meer. Am Vormittag blendete die Sonne aus dieser Richtung. Der Übergang zwischen Meer und Himmel verschwamm. Die Feinabstufung der drei Blaus faszinierte Ulla sogar heute. Das seichte Blau des Pools griff das Meer auf und vertiefte es, bis es am Horizont zum grenzenlosen Blau des Himmels überlief.

Ullas Gedanken verfingen sich in der Vergangenheit. Sie suchte Parallelen in ihren drei Krätzefällen. Die zufällig vorher gegessenen Miesmuscheln schieden als Ursache aus. Zu oft hatte sie inzwischen diese Spezialität ohne Nebenwirkungen genossen.

Im zweiten Fall hatte der Testmarathon keine äußeren Ursachen entlarvt. Wenn also Essen, Kleidung, Kosmetik oder andere Chemikalien

6

ausschieden, was hatte sich gestern verändert? Ulla ging das Wochenende Punkt für Punkt durch.

Am Samstag und Sonntag war Holger, wie meistens, vormittags segeln gewesen. Sie hatte an diesen Vormittagen geluscht. So nannte Holger es, wenn sie es sich im Morgenmantel gemütlich machte. Ein Luxus, den sie sich gelegentlich an Wochenenden gönnte. Am Samstagnachmittag hatten sie beim Polo vergeblich ihr Favoritenteam, Santa Maria, angefeuert. Abends hatte Holger mit einer Bemerkung eine Diskussion ausgelöst, die sich mit Unterbrechungen bis zum Sonntagabend hinzog. Holger sprach selten über seine Arbeit in der Bank.

Er hatte in Hamburg bei der Global-Bank nach dem Abitur seine Bankkaufmannlehre gemacht, während des Studiums dort das Praktikum absolviert und danach als Diplomkaufmann seine erfolgreiche Karriere begonnen.

Ohne einleitende Vorwarnung schockierte er Ulla am Samstagabend mit der Feststellung: „Ich fühle mich in der Bank wie am Prellbock auf dem Abstellgleis Gibraltar."
„Geht das nicht jedem so, der ganz oben steht", tröstete Ulla ihn.
„Oh, in der Bank gibt es noch einige über mir, nur hier auf dem Felsen nicht. Höher geht es nur in Frankfurt. Wahrscheinlich müsste man sogar über den Umweg New York oder London kraxeln."
„Willst du uns etwa aus diesem Paradies vertreiben", entrüstete sich Ulla erschrocken.
„Es bedrückt mich, hier nicht weiter aufsteigen zu können."
„An diesen Punkt kommt jeder in seinem Leben. Du kannst wirklich froh sein, das erst mit sechsundvierzig Jahren zu erkennen, und überaus stolz sein, soweit oben zu stehen. Mein Vater und mein Bruder erreichten ihr Karriereende mit fünfundzwanzig. Wie alt war denn dein Vater?"
„Aber von hier werde ich nie direkt in den Vorstand berufen."
„Der Vorstand sitzt im hohen Glashaus in Frankfurt. Was wollen wir in dieser tristen Möchtegern-Stadt mit dem ewig nassen, trüben Klima? Auf dem Weg dahin machen wir dann auch noch Station in den Albtraum-Metropolen New York oder London? Da weiß man ja noch nicht mal, welche schlimmer wäre. Eine Verbesserung unseres Lebens wäre das jedenfalls nicht, im Gegenteil!"

„Wäre es für dich denn nicht enttäuschend, wenn ich die nächsten fünfzehn bis zwanzig Jahre Niederlassungsleiter auf Gibraltar bliebe?" Sie diskutierten noch lange auch am nächsten Tag. Komisch, einige ihrer Argumente erinnerten sie an seine, als er das Angebot für Gibraltar bekam.

Monatelang vorher hatte er angekündigt, dass für sein berufliches Fortkommen ein Auslandseinsatz unumgänglich wäre. Ulla bedauerte, Hamburg, ihre Familie und Freunde verlassen zu müssen. Am meisten fürchtete sie sich vor dem Osten, ob naher, mittlerer oder ferner spielte keine Rolle. Für sie begann der Osten in Mecklenburg. Südamerika ängstigte sie ebenso. Sie sorgte sich, besonders wegen der Ungewissheit.

Plötzlich verstand Ulla den Zusammenhang. Ihren Ausschlag verursachte nichts Äußeres sondern Inneres, wie Sorgen und Ängste. Als ob sie die Fokussierung ihres Vergrößerungsapparates schärfer einstellte, traten die Gemeinsamkeiten ihrer Krätzegeschichten deutlicher zutage:
Als sie erfuhr, dass sie in Mathematik im mündlichen Abitur geprüft werden sollte, hatte sie sich geängstigt.
Als Holger die Notwendigkeit eines Auslandseinsatzes offenbarte, hatte sie sich vor dem Unbekannten gefürchtet. Dass sie in der Fremde das Paradies finden würde, hatte sie nicht zu hoffen gewagt. Deshalb bangte sie jetzt, dies wieder verlassen zu müssen.
Das hieß, wenn sie ihre Sorgen beseitigte, würde der Ausschlag verschwinden. Um die Sorgen loszuwerden, müsste sie die Zukunft kennen. Wenn nur die Zukunft nicht so im Dunklen läge!

Als Maria ihr Montagsputzpensum beendete, gesellte Ulla sich zu ihr. Sie erkundigte sich erst nach der Familie, ehe Ulla sie direkt fragte: „Wo gibt es hier einen guten Hautarzt?"
Marias zweifelnder Blick verriet Ulla, dass sie noch nie etwas von einem Hautarzt gehört hatte. Die Schwarzhaarige schien unsicher, ob Ulla scherzte und sie lachen sollte. Sie spürte dann aber doch, dass Ulla ernsthaft fragte, und mutmaßte: „Im Hospital in Malaga vielleicht." Malaga lag einhundertfünfzig Kilometer entfernt.

Ulla wurde klar, dass die dunkelhäutigen Spanier vermutlich die Hautprobleme der Hellhäuter des Nordens gar nicht kannten. Die Einheimischen hier ließen kaum Sonne auf die Haut. Die Frauen trugen das ganze Jahr lange Ärmel und Röcke. Die Männer sah man draußen nur mit langen Hosen und meistens mit Schirmmützen.

„Was ist denn passiert?" Maria blickte Ulla neugierig an.
Mit Leidensmine schob Ulla die weiten Ärmel ihrer Baumwollbluse bis zum Ellenbogen hoch und präsentierte die befallenen Stellen. Als sie Marias erschrockenen Blick bemerkte, versicherte sie: „Das ist nicht ansteckend." Jäh ahnte Ulla, dass die Spanierin etwas anderes vermutete. Maria verdächtigte Holger als Urherber. Ulla hatte kürzlich gelesen, wie häufig hier Männer ihre Frauen verprügeln. Der Artikel brach ein Tabu. Seit Generationen war dieses Problem verschwiegen worden.
Maria verwarf diese Erklärung sofort wieder. Erstens würde man in diesem Fall die Male keinem zeigen. Zweitens fehlten die typischen Schwellungen und Verfärbungen. Drittens sollte es angeblich diese unsägliche Brutalität bei den Deutschen gar nicht geben.
„Damit geht man hier zum Schwefelbad", empfahl sie. „Ich bin noch nie dort gewesen. Es soll übel stinken, aber heilen. José wird wissen, wie man da hinkommt."

José arbeitete im Garten. Ulla amüsierte sich im Stillen, wie stolz der zähe Spiddel ihr den Weg mit unsinnig vielen Details beschrieb. Endlich wusste er als starker Kerl mal mehr als die Señora. So sprachen Maria und José sie an. Man redete sich hier üblicherweise mit Vornamen an. ‚Ulla' sprachen sie jedoch wie ‚Uja' aus. Das fand Ulla nicht akzeptabel. Dann schon lieber Señora.

Noch am gleichen Nachmittag brach Ulla mit ihrem BMW-Cabrio zum Schwefelbad auf. Die warmen Sonnenstrahlen vom wolkenfreien Blau des Himmels lockten. Das Jucken der Pusteln an Armen und Beinen drängte. Sie hatte angenommen, dass Wegweiser und Reklametafeln, die ja sonst zum festen Bestandteil der spanischen Landschaft gehörten, sie leiten würden. Aber das Schwefelbad bewahrten die Einheimischen anscheinend als unbeschildertes Geheimnis. Jetzt war sie José dankbar für seine Ausführlichkeit. Nie wäre sie sonst durch das Tor des Zementwerks gefahren, um nach zwanzig Metern rechts bei einem Felsbrocken auf einen Sandweg abzubiegen. Dieser holprige Weg bestand aus zwei Reifenspuren mit verdorrtem Wildwuchs dazwischen. Ihre Zweifel wuchsen mit jeder Kurve. Im Rückspiegel sah sie nur noch die Staubwolke, die sie hinter sich herzog. Als ob eine Nebelwand sie vom Rest der Welt abschirmte. Endlich endete die Zufahrt in einem steinigen Sandplatz, ohne Fahrzeuge oder gar Menschen.

Ihr schlug der strenge Schwefelgeruch sofort in die Nase. Das Zirpen der Zikaden erfüllte die trockene Luft des heißen Landwinds. Ulla entdeckte die beiden angekündigten Trampelpfade. Das überzeugte sie, den richtigen Ort gefunden zu haben. Der linke sollte nach Josés Beschreibung zum unbefestigten Ufer des Gewässers führen. Dort gingen die Männer hin. Die Señora sollte dem rechten Pfad folgen.

Ulla schloss Dach, Fenster und Türen des Wagens. Besorgt überprüfte sie noch mal alles. Mit soviel Einsamkeit hatte sie nicht gerechnet. Sie hatte sich mehr so etwas wie ein Freibad mit Kiosk vorgestellt. Mit ihrer Jutestrandtasche über der Schulter betrat sie den rechten Fußweg. Die Tierwelt flüchtete in Panik. Die fingergroßen Heuschrecken sprangen wenige Schritte vor ihr ins vertrocknete Gras neben der kahl getrampelten Furt. Die handlangen Salamander mit ihren schlangenartigen Schwänzen huschten aufgeschreckt in ihre Höhlen. Im Laufe der Jahre in Andalusien hatte Ulla ihre ursprüngliche Furcht vor diesen Urtierchen verloren. Nur an die Schlangen konnte sie sich nicht gewöhnen. Dafür sah man sie zum Glück auch zu selten.

Mit warnendem Gekrächz, das arg verärgert klang, schwang sich eine Elster aus einem wilden Olivenbaumgebüsch. Jetzt konnte Ulla auch schon das Gurgeln und Plätschern eines Gewässers hören. Hinter der nächsten Kurve sah sie es. Was für eine Enttäuschung! Kaum breiter als einen Meter floss eine milchig trübe Flüssigkeit durch die Landschaft. Ulla wusste nicht, was mehr abstieß: Die Farbe, wie flüssiger Schimmel oder der strenge Gestank? Andererseits sprach das für die heilende Wirkung. Wirksame Medizin schmeckt selten gut.

Ulla folgte weiter dem Pfad parallel zum Flüsschen. Hinter dem nächsten Gebüsch war das Ufer beidseitig zementiert. Das sollte wohl das Bad sein, amüsierte sie sich. Auf einer Länge von zirka drei Metern ragte eine Betonsitzbank halb aus dem Wasser. Dadurch konnte man am Ufer sitzen und die Beine ins Wasser stellen. Wenn man sich drei Stufen tiefer wagte, hockte man bis zu den Schultern im Wasser. Zehn Meter hinter dieser Befestigung durchfloss der Bach ein Gewölbe. Der vorne und hinten offene Rundbogen überdachte das Gewässer. Der vier Meter lange

Steinbau schien antik aber keineswegs baufällig zu sein. Die Architektur ließ Ulla vermuten, dass es die Römer errichtet hatten.

Es beschämte sie mal wieder, dass vor zweitausend Jahren eindrucksvoller und dauerhafter gebaut wurde als heute. Nur die Höhe entsprach nicht mehr den heutigen Anforderungen. Ulla musste den Kopf einziehen, um in das Gewölbe zu gelangen. Drinnen stank es natürlich intensiver. Doch die Kühle lud zum Verbleiben ein. Behauene Steinquader dienten als Uferbefestigung und Sitzbank. In der Decke fehlten einige Steine. Dadurch drang gerade ausreichend Tageslicht und Frischluft in den schummrigen Tunnel. Ulla beschloss, sich hier zu behandeln. Sie zog ihr wadenlanges Leinenkleid über den Kopf. Den Bikini hatte sie zuhause schon untergezogen. Sie kauerte sich auf den glatten Steinboden. Vorsichtig tauchte sie den linken Fuß in die fließende Graumilch. Die Flüssigkeit kühlte. Nach der Wanderung in der Nachmittagshitze empfand Ulla es erfrischend. Ermutigt setzte sie sich auf die obere Stufe und stellte beide Beine bis zu den Knien ins Wasser. Nachdem sie sich erstmal überwunden hatte, schreckten Gestank und Hässlichkeit des Schwefelflüsschens nicht mehr. Ulla rutschte eine Stufe tiefer und beugte sich soweit vor, dass sie auch die Unterarme wässern konnte. Als es ihr nach fünf Minuten zu unbequem wurde, stieg sie nach oben und lehnte sich mit dem Rücken an die Gewölbewand. Ihr jahrzehntelang geübter Blick als Fotografin entdeckte jetzt im Halbdunkel, dass die vermeintlich fehlenden Steine in der Decke ein Rautenmuster bildeten. Die Sonnenstrahlen kopierten es mit gleißend hellen Kreisen am Boden und an den Wänden. Entspannt lehnte Ulla den Kopf an das Mauerwerk und schloss die Augen. Das Vogelgezwitscher klang hier gedämpft. Dafür hörte sie das Plätschern und Gurgeln des Bachs klarer.

Ullas Gedanken wanderten wieder zu der Diskussion mit Holger. Was hatte sie ihm alles aufgezählt, um ihn zu überzeugen, hier zu bleiben. Angefangen hatte sie mit dem Ort Sotogrande in Andalusien. Ein weitläufiges Hügelgebiet direkt am Strand mit mehr als eintausend Traumhäusern in Gärten mit über zweitausend Quadratmetern. Dazu gehörten Golf- und Poloplätze, ein Yachthafen und ein Pferdegestüt. Das Ganze durch Zaun, Schranken und Sicherheitsdienst geschützt. Von dem Verkaufserlös für ihre Doppelhaushälfte in Hamburg hatten sie sich 1996 hier eine Luxusvilla gekauft. So ein Haus würden sie sich bestimmt nicht bei New York, London oder Frankfurt leisten können. Hier beschäftigten alle Personal für Haus und Garten. Die Nachbarn neideten weder das noch, dass sie nicht mehr arbeitete. Wie viele interessante Menschen aus aller Welt hatten sie hier in den fünf Jahren kennen gelernt? Jedenfalls viel mehr als vorher in Hamburg. Am meisten schätzten sie das milde Klima. Trotz der zirka dreihundert Sonnentage im Jahr wechselten die Jahreszeiten. Allerdings hatte es noch nie geschneit oder gefroren. Auf dem europäischen Kontinent konnte man nur hier ganzjährig reiten, golfen und segeln.

Holger hatte sich das alles freundlich grinsend angehört. Der Hinweis auf das Segeln im Winter schien ihn beeindruckt zu haben. Typisch, dass er sich schließlich nicht festgelegt hatte. Ulla zweifelte deshalb, ob sie ihn überzeugt hatte. Sie kannte ihn auch zu gut. Es wäre sinnlos gewesen, ihn sofort zu einer klaren Entscheidung zu drängen. Leider erlöste sie das nicht von der Sorge, ihr Paradies verlassen zu müssen. Wenn nur die Zukunft nicht so im Dunklen läge!

Jäh und grell wie ein Gewitterblitz schoss etwas Unbekanntes durch Ullas Bewusstsein. Ein Farbensturm wogte so gewaltig, dass sie erschrocken zusammenzuckte. Die flimmernde Halluzination riss nicht ab. Einen Sekundenbruchteil lang wunderte sich Ulla, dass sie trotz der Heftigkeit keine Schmerzen spürte. So wagte sie, genauer hinzusehen. Eine haushohe Feuerwand loderte so breit, wie sie schauen konnte. In panischer Angst sprang sie auf, stieß dabei mit dem Kopf an die niedrige Gewölbedecke und taumelte benommen aus dem Tunnel. Wieder stoben die Salamander erschrocken ins Dickicht. Vorsichtig kehrte Ulla mit gesenktem Haupt in das Gemäuer zurück. Sie schnappte sich ihre Tasche und das Kleid. Der Fleck, wo sie ihren Kopf an die Wand gelehnt hatte, stand jetzt durch das Loch in der Decke im vollen Sonnenlicht. Draußen zog sie das Kleid wieder an und eilte zurück zum Wagen.

Im Innenspiegel untersuchte sie die schmerzende Stelle am Kopf. Ulla ertastete sie mit den Fingern unter den Haaren. Die Beule schwoll, blutete aber nicht. Erleichtert lehnte sie sich im Fahrersitz zurück und rekapitulierte: Was war passiert? War sie im halbdunklen Schwefeldunst eingedöst? Hatte sie der wandernde Sonnenflecken geblendet und geweckt? Woher kam das Feuer? Ob das blendende Sonnenlicht dieses Trugbild ausgelöst hatte?

Ja, das Sonnenlicht in Andalusien! Es faszinierte Ulla vom ersten Tag an. Nicht umsonst heißt die Küste hier ‚Costa del Sol' (Küste der Sonne) und der nächste Abschnitt sogar ‚Costa de la Luz' (Küste des Lichts). Es war Liebe auf den ersten Blick, wenn auch schmerzhaft. Es stach in den Augen. Tränen linderten nicht. Dennoch verliebte sie sich in die Magie der extremen Helligkeit. Hier entdeckte sie die Farben. Als ob sie ihr ganzes Leben vorher durch eine schwarze Schweißerschutzbrille geschaut hätte. In Hamburg kamen für sie nur Schwarzweißfotos, hier nur Farbfotos in Frage. Das Licht gab den Dingen hier oft etwas Surreales. Wer es einmal erkannt hat, ist ihm verfallen.

Zuhause im Badezimmer untersuchte Ulla ihre Stellen. An den Beinen schien schon eine leichte Besserung eingetreten zu sein. Die Arme waren wahrscheinlich nicht lange genug gewässert worden.

„Erfolg rechtfertigt so manches", kommentierte Holger abends ihren Bericht von dem altrömischen Kurbad.
Die Feuervision verschwieg sie. Für so etwas hatte Holger keinen Sinn.

2.

Als José am Mittwochmorgen kam, um den Rasen zu mähen, erkundigte er sich, ob die Señora das Schwefelbad gefunden hatte.
„Nur dank deiner guten Wegbeschreibung", lobte Ulla.
Stolz fummelte er an dem Rasenmäher herum.
Ulla nutzte die Gelegenheit, etwas zu fragen, was ihr seit Montagnachmittag durch den Kopf ging: „Wie schaltet man die Sprinkleranlage ein?"
In Sotogrande waren die riesigen Gärten mit programmierbaren Bewässerungssystemen ausgestattet. Morgens vor Sonnenaufgang und abends nach Sonnenuntergang erhoben sich wie von Geisterhand drehbare Düsen aus den Rasen und Beeten und besprengten die Umgebung mit Wasser.

Wichtig schritt der Gartenzwerg vor Ulla zum Maschinenraum hinter der Garage. Hier waren die Filteranlage des Swimmingpools und der Schaltkasten der Beregnungsanlage untergebracht. Er zeigte ihr die simple Bedienung des Steuergeräts. Dabei setzte er den typischen spanischen

Männerblick für Frauen auf. An den würde sich Ulla nie gewöhnen. Sie deutete ihn als überlegen aber gnädig. So als ob es an sich sinnlos wäre, einer Frau so etwas zu erklären. Die verstanden das sowieso nicht und würden es auch nie lernen. Für Ulla degradierten sich die Kerle durch dieses lächerliche Machogehabe selbst.

Am Donnerstagmorgen stellte Ulla fest, dass sich zwei Dinge beharrlich nicht verändert hatten:
Erstens blies unvermindert stark seit dem Wochenende ein trockener, dörrender Landwind. Beim Segeln hatte Holger ihn genossen. Normalerweise wechselte die Windrichtung mehrmals täglich. Der Seewind brachte erfrischende Feuchte. Deshalb wurde vermutlich das Klima in Sotogrande so geschätzt. Die drückende Sommerhitze Spaniens lähmte hier selten.
Zweitens stagnierte die Heilung der juckenden Pusteln. Das Schwefelbad am Montag hatte zwar kurierend gewirkt, besonders an den Beinen. Aber in der letzten Nacht hatte sie die Arme wiederaufgekratzt. Deshalb wollte Ulla nachmittags wieder zum Stinkebad.

Bei dieser Hitze genoss sie vormittags die relative Kühle in ihrem Atelier. Die Dienstage und Donnerstage schätzte sie besonders. Ohne Störungen durch das Personal konnte Ulla konzentriert ihrer Passion als Fotokünstlerin nachgehen. Heute begutachtete sie ihre Aufnahmen der letzten Wochen, um die golden nuggets rauszufischen. So nannte sie die Bilder, die sie später veredeln wollte. Ihre Werke fügte sie aus mehreren Teilausschnitten zusammen. Diese Kompositionen überraschten die Betrachter. So hatten sie das meist Alltägliche noch nie gesehen.

Fast jeder erkennt mal schemenhaft ein Gesicht im Vollmond, Tierfiguren in Kumuluswolken oder Gestalten in verwachsenen Bäumen. Ulla sah diese optischen Illusionen überall, ständig und intensiv. Schon bevor sie eingeschult wurde, beunruhigte sie damit ihre Eltern. Auf dem Gymnasium lernte sie, besser nicht darüber zu reden, sondern mit Fotos ihre Sicht zu beweisen. Nach dem Abitur hatte sie eine Lehre bei einem Fotofachgeschäft in der Hamburger Innenstadt absolviert. Wie das oft so ist, wenn man sein Hobby zum Beruf macht, enttäuschte die tägliche Praxis: Passbilder, Hochzeitsfotos und gelegentlich Ausschnittvergrößerungen. Zum Glück durfte sie das Labor für ihre Ambitionen benutzen.

14

Mit fünfundzwanzig traute sie sich zum ersten Mal an die Öffentlichkeit. Sie hatte mit Münzen und Banknoten Fotokollagen kreiert, die jeden verblüfften. So hatte noch keiner die Zahlungsmittel, die man jeden Tag in der Hand hat, wahrgenommen. In der Hamburger Zentrale der Global-Bank fanden in der Eingangshalle regelmäßig Ausstellungen statt. Ulla hatte ihre Geldserie angeboten und sofort die Zusage bekommen. Am ersten Tag der Ausstellung wanderte sie beglückt zwischen den Stellagen umher. Neugierig belauschte sie die Betrachter. Ihr kamen beinah die Tränen vor Glück. Einer von ihnen, der zufällig neben ihr stand, rief spontan: „Mensch, da ist ja ein Wort verborgen!" Begeistert zeigte er auf das Großfoto mit Münzstapeln, dicht an dicht, zwei, drei Finger hoch. „Da steht ‚GELD'. Sehen Sie das auch? Achten Sie mal nur auf die Silberstücke."

„Ich weiß. Ich habe es gemacht."

So hatte sie Holger vor zwanzig Jahren kennen gelernt. Ulla spürte noch heute einen verliebten Schauer.

Das Foto einer rätselhaft gefurchten Korkeicherinde verdunkelte sich vor ihren Augen. Als erstes dachte Ulla, ihre Augen füllten sich mit Glückstränen, ausgelöst durch die Erinnerung an das schicksalhafte Treffen mit Holger. Aber dazu passte nicht das fremde Surren. Ulla blickte aus dem Fenster. Es flimmerte schummrig. Jetzt erkannte sie es. Ein dichter Strom Insekten schoss am Fenster vorbei Richtung Meer. Er verfinsterte das Atelier. Das vibrierende Schwirren steigerte sich zum kräftigen Brummen. Beunruhigt rannte Ulla auf die Terrasse. Der Insektenflug ließ langsam nach. Jetzt flogen die Schwächlichen oder von Natur aus Gemächlicheren. Die Ursache dieser kollektiven Flucht stand unübersehbar am Horizont. Eine schwarzgrau gescheckte Wand aus Rauch und Ruß ragte bis zu den Wolken. Den letzten Insekten folgte bereits Flugasche. Der Wald neben dem Golfplatz brannte. Die gierigen Flammen leckten aus den Baumkronen.

Ulla stürzte zum Telefon. Die Feuerwehr sei schon unterwegs, erfuhr sie vom betont gelassenen Telefonisten. Die beiden direkten Nachbarn brauchte Ulla nicht zu warnen. Die lebten in Madrid und kamen nur im August. Bei Holger in der Bank erreichte sie seine Sekretärin. „Es brennt. Mein Mann muss sofort kommen! Sofort!" kreischte sie und legte auf.

Auf dem Weg zum Maschinenraum versuchte Ulla, sich zu konzentrieren, um jetzt keinen Fehler zu begehen. Der warme Landwind blies noch heißer. Er roch schon Rauch geschwängert. Mit wenigen Tastendrucken deaktivierte Ulla das Bewässerungsprogramm und startete die Beregung der Heckenregion, die dem nahenden Feuer am dichtesten lag.

Als sie wieder nach draußen kam, hörte sie die Sirenen der Feuerwehr. Es war noch dunkler geworden. Statt eine Stunde vor dem Sonnenhöchststand erschien es ihr jetzt wie eine Stunde vor Sonnenuntergang. Was nun? Aufgeregt raste Ulla ins Haus, schloss sämtliche Fenster und ließ die Rollläden herunter. Vom Balkon sah sie die Feuerwand bereits am Waldrand. Nur vier Gärten lagen dazwischen. Ulla erschienen sie zu Flecken geschrumpft. Flammen schlugen aus der ersten Hecke. Ulla riss sich los und rannte. Die Sprenger der Bewässerungsanlage drehten seelenruhig ihre Kreise.

In der Garage suchte Ulla den Gartenschlauch. Sie wusste, dass sie einen aus Hamburg mitgebracht hatten. Sie hatte nie gesehen, dass José ihn benutzte. Der gelbe Plastikschlauch lag sorgfältig aufgerollt in der Ecke. Das hat garantiert Holger gemacht, vermutete Ulla, Segler sind so. Ulla schraubte die Messingüberwurfmutter des Schlauchs auf das Gewinde am Außenwasserhahn. Ein Glück, sie passte. Rasch zog Ulla den Schlauch in Richtung der bedrohten Hecke. Die Länge reichte nicht. Für den Garten im Hamburg war er üppig bemessen gewesen.

Sie roch und hörte das prasselnde Feuer schon. Zu sehen war nur der schwarze Qualm, den der Wind mit immer mehr Rußflocken herbeifegte. Entfernt krachte es wie bei eine Explosion. War einer der überirdischen Gastanks in die Luft geflogen?

Jetzt aber rasch ins Haus und das Wichtigste in Sicherheit bringen, spornte sich Ulla an. Schnaufend schloss sie die Haustür hinter sich. Was sollte sie einpacken? Als erstes schnappte sie sich ihre drei Handtaschen, die sie zurzeit am meisten benutzte. In einer würden Kreditkarten, Ausweis und Geld mit Sicherheit sein. Aus der Abstellkammer holte sie die größte Reisetasche. Damit eilte sie in ihr Atelier und raffte die Negativkästen in die Tasche. Mit halbvoller Tasche riss sich Ulla schweren Herzens los und rannte in Holgers Arbeitszimmer. Sie zog die Kabel aus dem Laptop und verstaute ihn in der Tasche. Hastig überflog sie die Beschriftungen der

Aktenordner. Sie wusste nicht, welche wichtig waren. Um den Papierkram hatte sich stets Holger gekümmert. Sie wählte die Ordner ‚Verträge', ‚Versicherungen' und ‚Urkunden'. Sie konnte die übervolle Tasche kaum tragen. Warum wog Papier so schwer? Keuchend schleppte sie das Monstrum zur Garage und ließ es in den Kofferraum plumpsen. Um sich den nächsten Gang zu verkürzen, rangierte sie den Wagen rückwärts vor die Haustür.

Zurück im Haus sammelte sie weiter. Plötzlich klingelte es. Automatisch eilte sie zum Badezimmerfenster, um zu schauen, wer am Tor an der Straße wartete. Doch sie hatte die herabgelassenen Rollos vergessen. Wild entschlossen, sich nicht aufhalten zu lassen, rannte sie zurück und stopfte noch drei Negativkästen in die viel zu kleine Tasche. Dann hetzte sie zur Haustür.

Am Tor stand ein Uniformierter vom Sicherheitsdienst. Mit scharfer Stimme brüllte er: „Verlassen Sie sofort das Haus! Sind noch weitere Personen im Haus?"
Benommen schüttelte Ulla mit dem Kopf.
„Fahren Sie mit dem Wagen zum Clubhaus! Das liegt hinter dem Feuer. In welchen Häusern nebenan vermuten Sie Menschen?"
Der Ohnmacht nahe zuckte Ulla mit den Schultern. Mit einem wehmütigen Abschiedsblick verließ sie die Eingangshalle, zog die Haustür zu und schloss sie ab. Ob die dicke Holztür dem Feuer standhalten würde? Sie hörte es schon prasseln. Ulla taumelte mit der überladenen Reisetasche zum Wagen und fuhr zum Clubhaus. Es war so schummrig, dass Ulla, ohne sich dessen bewusst zu sein, die Scheinwerfer einschaltete. Noch nie hatte sie sich so ausgeliefert gefühlt. Als sie auf dem Parkplatz des Golfplatzes ausstieg hörte sie das Lufthämmern eines nahenden Helikopters.

3.

Holger ahnte nicht, was fünfzehn Kilometer entfernt in Sotogrande passierte. Er saß an seinem Schreibtisch bei der Global Bank auf Gibraltar. Aufmerksam hörte er einem gebrochen deutsch sprechenden Kunden zu. Der Akzent klang östlich. Die breite Nase und der lippenlose Mund gaben dem Gast etwas Unsympathisches. Seine gefrorenen Augen waren Holger unheimlich. Geschäftlich hatte er mehr Freude an dem neuen Klienten. Der hatte vor fünf Monaten ein Konto für eine hier registrierte Firma eröffnet. Jede Woche waren 50.000 bis 100.000 Euro aus Moskau überwiesen worden. Inzwischen parkten schon über eine Million Euro auf dem Konto.

Anfangs drehte sich das Gespräch um die Frage, wie das Guthaben zinsoptimiert angelegt werden könnte. Holger ahnte, dass das nicht der wahre Grund des Besuchs war. Dafür hätte ein Anruf gereicht. Er war deshalb auch nicht gar zu überrascht, als der Wimpernlose Rubelbareinzahlungen ansprach. Dieser Teil der Bankdienstleistungen bereitete Holger geradezu ein körperliches Unbehagen. Bargeld war schmutzig. Das hatte er schon als Lehrling im wahrsten Sinne des Wortes erfahren. Nach einer Stunde Kassenarbeit hatte er sich stets die geschwärzten Hände waschen müssen. Holger bedauerte, dass dieses archaisch Physische immer noch existierte. Das Bankgeschäft hielt er sonst für so herrlich abstrakt. Aber Koffergeld zerstörte diese Illusion. Es lenkte die Phantasie in Richtungen, an die er bei Überweisungen nie dachte.

Plötzlich klickte es metallisch an seiner Bürotür. Holger kannte das. Seine Sekretärin kündigte mit ihrem Ehering auf den Türgriff klopfend ihren Auftritt an. Die seit Jahrzehnten Vierzigjährige stellte sich mit einer freundlichen Entschuldigung neben Holger und reichte ihm einen DIN A5 Zettel. Holger las die Maschinenschrift:
‚Ihre Frau hat angerufen: Es brennt. Sie sollen sofort kommen.
Soll ich Herrn Weber bitten, Sie zu vertreten, und
Ben rufen, damit er Sie zur Grenze fährt?'

Holger stockte der Atem. Seine Gedanken rasten. Noch etwas abwesend nickte er ihr zu. Sie zog sich wieder verbindlich lächelnd zurück.

Genussvoll kommandierte sie Herrn Weber, Leiter des Firmenkundengeschäfts, brandeilig zum Chef. Dann wies sie Ben, den Boten, an, er solle sich auf der Stelle mit seinem Motorroller am Ausgang für den Chef bereithalten.

Aufgeregt betrat Herr Weber das Sekretariat. Er befürchtete, dass ihm Ärger drohte. Ohne Zeit für Erklärungen zu vergeuden, schob die Resolute ihn wichtig ins Chefzimmer. Holger stellte ihn und den Gast vor und entschuldigte sich. Von der Sekretärin ließ er sich nur noch sein Handy und die Telefonliste geben. Dann eilte er zum Ausgang.

Ben wartete schon. Ihm klopfte das Herz bis zum Hals. Noch nie hatte er den großen Boss chauffiert. Und dann auch noch mit dem bankeigenen Motorroller. Das weihte zwar in seinen Augen das Gefährt, erniedrigte jedoch auch den Chef. Andererseits kam man mit Motorrollern am schnellsten auf Gibraltar voran. Die dreieinhalb Straßen auf dem Felsen waren durch die roten Londoner Doppeldeckerbusse und klobigen Taxen so verstopft, dass Kenner ihre Autos lieber vor der Grenze auf der spanischen Seite parkten. Ahnungslose Touristen warteten geduldig auf Einlass, um dann festzustellen, dass der einzige Parkplatz weiter vom Zentrum entfernt lag als die Tiefgarage vor der Grenze. Schikanös wurde es aber erst bei der Ausreise. Die spanischen Zöllner durchsuchten jedes Fahrzeug mit akribischer Sorgfalt. Unter einer Stunde hatte es noch nie einer geschafft, die ehemals britische Kolonie zu verlassen. Auch Holger stellte deshalb den Mercedes der Bank in die spanische Tiefgarage und wanderte zu Fuß zur Bank. An den drei Regentagen im Jahr benutzte er den Bus, bei Eile eine Taxe.

Gewandt schlängelte sich Ben mit dem Chef am Rücken durch die Gassen an den drängelnden Bussen und Taxen vorbei. Unmittelbar vor der Grenze kreuzte die Straße die Rollbahn des Flughafens. Eine Kuriosität, die man nur glauben kann, wenn man sie mit eigenen Augen gesehen hat. Vor Start oder Landung der wenigen Flugzeuge wurde die einzige Verbindungsstraße zum Kontinent per Ampelanlage einfach gesperrt.

Als sie um die letzte Kurve bogen, erblickte Holger die Signallampen. Die grüne erlosch. Die rote flammte auf. Der Verkehr stoppte. Ben mogelte sich in die erste Reihe. Vor dem Flughafengebäude stand kein Flugzeug. Demnach näherte sich eins zur Landung. Sehen oder hören konnte Holger es noch nicht. Ungeduldig stieg er ab. Mit dem Handy versuchte er, Ulla anzurufen. Im Haus nahm keiner das Telefon ab. Was war Ulla passiert? Stand das Haus in Flammen?
Die Verbindung zu Ullas Handy kam auch nicht zustande. Hatte sie es nur nicht eingeschaltet? Oder verkohlte es gerade? Am nordöstlichen Himmel stand eine dunkle Wolke. Aber der Rationalist wollte da nichts unnötig Beunruhigendes hineindeuten.

Endlich entdeckte er das Flugzeug von Norden kommend. Wie in Zeitlupe schwebte es deutlich an Höhe verlierend heran. Je näher es kam, desto lauter wurde es. Das Brüllen der Turbinen ging in ein Kreischen über. Die Reifen quietschen bei der Bodenberührung, als ob es ihnen wehtat.

Auf beiden Seiten der Rollbahn setzte sich der gestaute Verkehr wieder in Bewegung. Am ersten Schlagbaum stieg Holger ab, bedankte sich und eilte zu Fuß zum Wächter in englisch aussehender Uniform. Dabei fummelte er seinen Pass aus der Innentasche seines Jacketts. Nach fünf Jahren täglichem Grenzgang kannte Holger die Gesichter der Grenzbeamten auf beiden Seiten, die seines gewiss auch. Sie begrüßten sich meistens mit einem stummen, Kopf nickenden Augenkontakt. Die spanischen Zöllner inspizierten jede Tasche und Tüte der Einreisenden. Für die Gepäcklosen gab es einen separaten Pfad. Holger vermied es deshalb tunlichst, irgendetwas in den Händen zu haben. Direkt hinter der Zollbaracke warteten Taxen. Heute bestieg Holger erstmalig eine. Das ersparte ihm den Weg bis zur Tiefgarage und die Bummelei bei der Ausfahrt. Hier wurde noch händisch kassiert. Das verursachte oft stinkende Warteschlangen im ungelüfteten Garagengewölbe.

Hoch erfreut über die lukrative Tour rauschte der Taxifahrer einige Regeln missachtend los. Holger nutzte die Gelegenheit, um zu telefonieren. Wieder meldete sich keiner im Haus. Ullas Handy antwortete auch nicht. Zu gerne hätte er gehört, dass alles nur halb so schlimm war. Aber so musste er das Schlimmste befürchten. Aufgeregt durchsuchte er die Telefonliste nach Nummern, die nützlich sein könnten.

Als erstes rief er den Direktor der Sotogrande Aktiengesellschaft an. „Keine Sorge Herr Ahlsen", versuchte der zu beruhigen, „ich stelle gerade einen Krisenstab zusammen."
Das beruhigte Holger ganz und gar nicht. Ebenso wenig wie die Ausmaße der schwarzen Rauchwolke, die der Wind zum Meer trieb. Der Golf Club Manager meldete: „Die Feuerwehr hat Verstärkung angefordert. Das Clubhaus ist zum Glück zurzeit nicht gefährdet. Der Pinienwald ist abgefackelt. Das Grün bei Loch dreizehn ist ruiniert."
Schöne Sorgen, dachte Holger.

Inzwischen hatten sie die Autobahn verlassen und näherten sich dem Eingangstor von Sotogrande. Üblicherweise öffnete der Wärter den

Schlagbaum so prompt, dass er nicht anhalten musste. Aber jetzt rührte sich nichts. Der Taxifahrer stoppte. Holger sprang aus dem Wagen und brüllte: „Öffnen Sie! Meine Frau ...das Haus brennt!"

Jetzt erkannte der alt gediente Sicherheitsdienstmann den Banker, öffnete und rechtfertigte sich: „Entschuldigung, wir sollen keine Schaulustigen reinlassen. Das Taxi..."

Holger winkte ihm freundlich zu und erklärte dem Fahrer den Weg. Sie erreichten jetzt die verräucherte Zone. Was für ein Qualm! Er verfinsterte die Sonne.

„Schneller, schneller", flehte er, „an der nächsten Kreuzung rechts, das dritte Haus."

Stattdessen mussten sie jetzt im Schritttempo an den Feuerwehrwagen und den Zuschauern vorbei schleichen. Im Garten an der Kreuzung sah Holger die roten Flammen. Sechs Männer mit goldenen Helmen und gelblich grünen Regenmänteln hielten drei pralle Schläuche. Sie zielten auf die Flammen. Das Wasser verdampfte und vermehrte den Qualm. Gleich würde ihr Haus zu sehen sein. Holger hielt das vereinbarte Geld schon bereit. Das Haus stand noch. Dahinter loderten hellrote Flammen. Vor dem Grundstück sprang er aus dem Wagen und raste um das Haus. Mit den geschlossenen Rollläden sah es so friedlich aus, als ob sie verreist wären. Wenn nur nicht der beißende Rauch wäre. Er suchte Ulla. Hinten im Garten drehten unbeirrt die Wassersprayer ihre Runden. Er fand nur den Schlauch aber nicht Ulla.

Das anschwellende Knattern der Rotorblätter eines Helikopters ließ ihn aufblicken. Wasserkaskaden fielen als Sprühregen vom Himmel. Die fünf bis sechs Meter hohen Palmen am Eckhaus flammten trotzdem auf. Der Wind riss einen brennenden Wedel los und ließ ihn Richtung Dach segeln. Wo er landete, konnte Holger von hier nicht erkennen. Der Hubschrauber flog zum Nachladen fort.

Holger wetzte zur Garage, um den Wasserhahn für den ausgelegten Schlauch aufzudrehen. Das Schlauchende schlug wild um sich. Er wurde ziemlich nass, bevor er es zufassen bekam. Endlich richtete er den Wasserstrahl auf die Palmenblätter. In diese Höhen reichte die Bewässerungsanlage nicht. Der heiße Qualm stach in seinen Lungen und brannte in den Augen.

4.

Auf dem Weg vom Parkplatz zur Terrasse des Golf Clubs wurde sich Ulla bewusst, dass sie noch ihr weites Hauskleid trug. Sie fühlte sich in dem Hippie-Kleid, wie Holger es nannte, falsch angezogen. Er mochte den Stil. Sie wäre am liebsten sofort umgekehrt. So präsentierte man sich hier nicht. Doch da winkte ihr auch schon Vera zu. Die Leutselige beobachtete mit ihren Golfschwestern das Feuer. Ulla überwand sich und gesellte sich dazu. Von hinten sah das Feuer weit weniger bedrohlich aus, mehr wie ein interessantes Naturschauspiel. Müßig spekulierte Vera über die Ursache und plauderte über frühere Katastrophen. Ulla hielt es nicht aus. Sie musste zurück zum Haus.

In einer hinter dem Feuer liegenden Seitenstraße ließ sie ihren Wagen stehen und joggte zum Haus. Bei den Feuerwehrfahrzeugen hatten sich Zuschauer versammelt. Sie beobachteten schweigend mit ernsten Gesichtern die Brandbekämpfung. Ulla rannte weiter.

Der Hubschrauber kurvte akrobatisch über den Häusern und ließ es regnen. Keuchend erreichte Ulla ihr Anwesen. Hinten im Garten stand Holger in seinem dunkelblauen Nadelstreifenanzug mit dem Schläuchlein. Sie spurtete zu ihm. Glücklich umarmten sie sich. Der beißende Qualm trieb ihnen die Tränen in die Augen. Die Hitze verdampfte die Augennässe sofort.
„Komm hier weg!", jammerte Ulla besorgt und zog Holger am Arm zur Terrasse. Holger folgte ihr und drehte den Wasserhahn zu. Auf der Terrasse stellten sie sich auf zwei der stabilen Teakholzsessel. So konnten sie die Feuersglut im übernächsten Garten sehen. Von den hohen Palmen dort waren nur noch die nackten Stämme übrig geblieben, wie überdimensionale, abgebrannte Streichhölzer.

Vier Goldbehelmte rannten schwer bepackt zum Swimmingpool des direkten Nachbarn. Zwei trugen aufgerollte Feuerwehrschläuche. Zwei schleppten eine Motorpumpe zwischen sich. Flink und routiniert hantierten sie an dem Aggregat. Es knatterte und spie eine dunkle Wolke aus. Dann spritzte schon das Poolwasser aus dem Schlauch. Zwei Männer konnten ihn mit Mühe halten. Das ging wirklich schnell. Das Feuer mit Rückenwind war schneller. Von einer Sekunde zur anderen stand die immergrüne Hecke völlig in Flammen. Eine fünfzig Meter breite Feuerfront gierte nach Nahrung.

Plötzlich durchzuckte Ulla die Erinnerung. Exakt diese Feuerwand hatte sie am Montag schon einmal gesehen. Die Wiederholung schockte sie. Dass etwas so Gewaltiges so rasen konnte, raubte ihr jegliche Hoffnung.

Wütend stieß der Helikopter nieder und ergoss die volle Ladung auf Nachbars Garten. Die Flammen erstickten augenblicklich. Vereinzelt loderten sie durch den Wind angefacht wieder auf. Die Kameraden am Boden strahlten jetzt gezielt auf diese Widerstandsnester. Das verdampfende Wasser und der Qualm stiegen weiter auf. Aber die roten Flammen waren verschwunden. Ungläubig spähten Holger und Ulla von ihren Aussichtstühlen nach noch aktiven Feuerstellen. Auch die Feuerkämpfer zweifelten noch am Sieg. Der Hubschrauber beregnete die Gegend noch mehrmals und verzog sich in Richtung Marbella. Das Team nebenan verlängerte den Schlauch, um dichter an die qualmenden Flecken zu gelangen. Der Wasserspiegel des Schwimmbeckens sank rapide.

„Ich schalte mal die Sprinkleranlage aus", ergriff Ulla die Initiative.
„Woher wusstest du, wie . . .?
„Hat mir José gezeigt."
„Wieso das denn?"
„Nur so", log Ulla und begab sich zum Maschinenraum, „du kannst jetzt ruhig deine Krawatte ablegen."

Wie stark alles nach Rauch roch, wurde ihnen erst bewusst, als sie ihr Haus betraten. Hier duftete es noch wie vor dem Feuer. Sie trugen den Geruch aber mit der verräucherten Kleidung rein. Selbst die Haare und die Socken hatten den Brandgeruch angenommen. Gemeinsam wanderten sie von Raum zu Raum und zogen die Rollläden hoch. Mit dem zurückflutenden Tageslicht überschwemmte sie jedes Mal eine tiefe Dankbarkeit. Nichts ihrer Habe hatten sie verloren. Die Möbel, Teppiche und Bilder schätzten sie nun wieder wie Neuerwerbungen.

5.

Erst am Montagnachmittag fuhr Ulla wieder zum Schwefelbad. Es hatte drei Tage gedauert, bis die letzten Schwelnester erloschen. Freitag und

Samstag hatte Ulla sich nicht vom Grundstück getraut. Der Sicherheitsdienst patrouillierte die gefährdete Gegend zwar häufiger als üblich, aber die Feuerwehr bräuchte mindestens eine halbe Stunde hierher. Erst am Sonntag hatte sie Holger zum Segeln begleitet. Zum einen, um sich frische Luft um die Nase wehen zu lassen, zum anderen, um mit ihm gemeinsam das zu genießen, was ihn an Sotogrande fesselte.

Diesmal hatte Ulla sich eine Strohmatte in das römische Bad mitgenommen. Zunächst setzte sie sich darauf, um die Beine in die graue Brühe zu stellen. Sie konnte sich nicht überwinden, sich vollständig in das Wasser zu hocken. Als sich auf den Schenkeln Gänsehaut bildete, rollte sie die Matte längs zum Bach aus, legte sich rücklings drauf und ließ den rechten Arm ins Heilwasser hängen. Als er fröstelte, drehte sie sich auf den Bauch, um den linken einzutauchen. Einige Minuten später schob sie die Matte quer zum Flüsschen, so dass sie mit dem Rücken an der Gewölbemauer ausruhen konnte. Ihren Kopf platzierte sie im Schatten zwischen zwei Sonnenflecken. Am liebsten hätte sie jetzt schon die Pusteln auf Heilung untersucht, dafür reichte jedoch das schummrige Licht nicht. So beobachtete sie das fließende Wasser. Es war nicht einheitlich gefärbt, wie Milch. Sondern es strudelten trübe Schlieren mit feinen Farbabstufungen zwischen weiß und grau vorbei. Manche wanden sich wie träge flatternde Fahnen im Wind. Lag das an unterschiedlichen Konzentrationen des Schwefelgehalts, grübelte Ulla. Die durch die Deckenlöcher strahlende Sonne wurde vollständig von der Oberfläche absorbiert. Es gab keinerlei Lichtreflexe. Diese dumpfe Monotonie begleitet vom gurgelnden Plätschern und friedlichem Vogelgezwitscher ließ Ulla einschlummern.

Ohne Vorwarnung durchzuckte ein greller Blitz ihr Bewusstsein. Die optische Überschwemmung in ihrem Kopf bekam Konturen. Erst schien es ein Farbmuster zu sein. Ein hautfarbiges Oval in flaschengrünem Rechteck vor sandbraunen Hintergrund. Dann trat im Zentrum ein blutroter Kreis in den Vordergrund. Mit zunehmender Schärfe erkannte Ulla Details. Anfangs ahnte sie nur, dann gab es keine Zweifel mehr. Ein altmodischer, dunkelgrüner Personenwagen lag schräg im Straßengraben. Durch die Neigung wurde das Gesicht eines alten Mannes an das Seitenfenster gepresst. Aus der Stirn rann ein Blutrinnsal. Ulla sprang auf. Instinktiv zog sie den Kopf ein, um sich nicht wieder zu stoßen. Die

Vision verschwand. Der Inhalt indessen blieb. Allein schon, weil sie alles genau identifiziert hatte.

Damals bei der Vision der Feuerwand hätte es überall sein können. Die ließ sich nicht lokalisieren. Aber das Gesicht kannte sie. Sir Edward, der alte Engländer aus der Nachbarschaft. Letzte Zweifel schloss der Wagen aus. Außer Sir Edward fuhr wahrscheinlich keiner mehr täglich mit einem vierzig Jahre alten dunkelgrünen Bentley umher.

Was sollte sie jetzt machen, überlegte Ulla auf der Heimfahrt. Sie kannte Sir Edward so gut, dass sie sich begrüßten, wenn sie sich zufällig trafen. Sie wechselten sogar einige Worte, wenn beide meinten, Zeit zu haben. Anderseits hatten sie sich noch nie gegenseitig besucht. Er wohnte in einer Villa, dessen Größe ihre eigene zum Pförtnerhäuschen degradierte. Sie stand in einem Korkeichenhain direkt am Golfplatz. Ulla schätzte das Grundstück auf mindestens fünfzehntausend Quadratmeter. Allein die gewundene Auffahrt zum Haus stellte eine Straße für sich dar. Der Siebzigjährige lebte, abgesehen vom Personal, allein in diesem Neuzeitpalast.

Nur einmal hatte Ulla ihn in Begleitung gesehen. Er aß mit einem Pamela Anderson Double in einem sündhaftteuren Restaurant. Ulla hatte den Eindruck, dass er errötete, als sie sich erkannten. Vielleicht glühte sein Kopf aber auch nur wegen des Alkohols.

Sie konnte ihn doch nicht einfach anrufen und warnen. Was sollte sie ihm denn sagen? Etwa, dass sie eine Vision hatte oder: ‚Fahren Sie nicht mit Ihrem Bentley in den Graben!' Damit würde sie sich lächerlich machen. Mit Holger konnte sie darüber auch nicht reden. Der würde das verächtlich als Humbug abtun.

6.

Zu dieser Zeit saß der Ahnungslose endlich mal alleine in seinem Büro. Die Tagespflichten hatte er erledigt. Gute Gelegenheit, sich mal wieder bei wichtigen Kollegen in Frankfurt zu melden. Mit dem Zeigefinger der linken Hand markierte er sich die Rufnummer, mit der rechten griff er zum Telefon. Da überkam Holger wieder dieses wehmütige Gefühl. Seit

Wochen beobachtete er diese Anwandlungen. Zum Glück nur, wenn er alleine war. Als ob sich ein Reif um die Brust legen würde. Durch übertriebenes Ausatmen, wie schweres Seufzen, verschaffte er sich vorübergehend Linderung. Die ersten Male hatte er befürchtet, die Lunge oder das Herz kränkelte. Inzwischen erwog er psychische Gründe. Er spürte nämlich verborgen hinter der körperlichen Beengung eine aufkeimende Traurigkeit. Es depressiv zu nennen, hätte Holger entschieden bestritten.

Bedauernd schweifte sein Blick durch sein nobles aber enges Chefzimmer. Auf Gibraltar war alles eng und englisch. Die Aussicht aus dem Fenster über die in der Sonne glitzernde Bucht von Algeciras bot ständig viel Abwechslung. Im Vordergrund wurde gerade ein Kreuzfahrtschiff vertäut. Im Hintergrund wurden zwei Tanker leer gepumpt. Ganz links wurden drei Frachter unter den Containerbrücken bedient.

Vor fünf Jahren war er als stellvertretender Niederlassungsleiter hierher versetzt worden. Damals lag sein Büro auf der anderen Seite des Gangs Richtung Süden. Seine Freude, Afrika vom Schreibtisch aus zu sehen, hatte der Schweiß oft verwässert. Die Klimaanlage unterlag im Sommer der Mittagsglut. Nach drei Jahren war der Niederlassungsleiter pensioniert worden. Holger hatte seine Position übernommen und dies Büro bezogen. Hier hockte er jetzt bereits über zwei Jahre.

Holger hatte schon im ersten Lehrjahr, vor siebenundzwanzig Jahren, herausgefunden, wie die internen Karriereregeln funktionierten. Man durfte nie länger als drei Jahre auf einer Stufe verharren. Das war ihm bislang auch stets gelungen.

Vor sechs Jahren hieß es, dass es ohne Auslandserfahrung für ihn kaum weitergehen würde. Er hatte es verlockend gefunden. Ulla hatte sich gefürchtet. Jetzt waren schon zwei Jahre abgelaufen. Er hatte sein Interesse, nach oben versetzt zu werden, noch nicht signalisiert. Es würde langsam Zeit. Als er es vor einer Woche Ulla gegenüber einmal erwähnte, hatte sie tagelang dagegen opponiert. Sie hatte viele gute Gründe aufgezählt. Nur mit seiner Karriere hatten die nichts zu tun. Sollte er denn hier auf dem nackten Felsen und im süßen Leben von Sotogrande versauern?

Ulla hatte ihren Vater, pensionierter Autoverkäufer bei Ford, und ihren Bruder, Automechaniker bei Ford, als Beispiele aufgeführt. Bei denen endete die berufliche Entwicklung schon mit fünfundzwanzig. Genau das hatte Holger bei seinem Vater heimlich verachtet. Der pensionierte Sparkassenangestellte hatte fünfunddreißig Jahre denselben Job ausgeübt. Was für ein Albtraum! Holger hatte sich schon früh geschworen, das so nicht mitzumachen.

Die kontroverse Diskussion mit Ulla hatte ihm viele positive Aspekte ihres Lebens hier bewusst gemacht. Nur rätselte Holger immer noch über ihre Reaktion auf seine Frage: „Wäre es für dich denn nicht enttäuschend, wenn ich die nächsten fünfzehn bis zwanzig Jahre Niederlassungsleiter auf Gibraltar bliebe?"
Was bedeuteten ihr verständnisloser Blick und die seltene Sprachlosigkeit? Sah sie darin nichts Enttäuschendes? Oder zweifelte sie gar an seinen Fähigkeiten, weiter aufzusteigen? Oder bedeutete ihr seine Karriere nicht viel? Warum hatte sie nicht geantwortet?
Zum ersten Mal nagten Zweifel an seinem Ehrgeiz. Hatte Ulla eventuell doch recht mit ihren Befürchtungen? Selbst wenn sie sich mit höherem Einkommen eine ähnliche Luxusvilla bei New York oder London leisten könnten, würden sie sich klimatisch erheblich verschlechtern. Die Segelpausen würden sich wieder wie früher in Hamburg monatelang hinziehen. Falls er noch höher aufsteigen sollte, würde dann in Frankfurt das Segeln endgültig flachfallen. Tief ausatmend zog Holger die Hand vom Telefon.

7.

Am nächsten Morgen wachte Gitta, Ullas Schwägerin, früh ohne den verhassten Wecker auf. Die Edeka-Kassiererin in Hamburg Lokstedt wusste sofort warum. Heute wollte sie endlich auf das Balzen des Brotfahrers eingehen.

Beim Frühstück mit Ehemann Olaf, Ullas Bruder, und Silvia, der fünfzehnjährigen Tochter, schlug ihr Herz aufgeregter als die letzten eineinhalb Jahrzehnte. Die beiden bemerkten das nicht. Olafs Liebe hatte sich in ihrer siebzehnjährigen Ehe mehr in Richtung Bier und Fußball orientiert. Silvias Gedanken pendelten zwischen dem Schrecken der bevorstehenden Chemieklassenarbeit und der Sehnsucht nach dem Sportlehrer.

Ungeduldig wartete Gitta, dass Mann und Tochter die Wohnung verließen. Ihr blieb nicht viel Zeit, sich vor dem Badezimmerspiegel, Augen und Mund intensiver zu schminken. So fand sie sich jetzt zum Anbeißen. Die blond gefärbte Kurzhaarfrisur hatte sie schon gestern Abend mit Lockenwicklern aufgepeppt. Die fehlende Körpergröße kompensierte sie durch hochhackige Schuhe. Die Dauerscheinschwangerschaft versteckte sie bei der Arbeit unter dem weiten Kittel. Für den Nahkampf plante Gitta, versehentlich einen Blusenknopf zuviel offen zu lassen. Der sichtbare Busenschlitz sollte dann den charmanten Brotmann von ihrer Bierwampe ablenken. Mit neununddreißig Jahren musste sie sich schon was einfallen lassen, bedauerte Gitta sich. Wie alt das Bürschchen wohl war?

Zu Fuß eilte Gitta von ihrem Wohnblock an drei Querstraßen mit identischen Gebäuden vorbei zum Supermarkt. Aus dem grauen Himmel regnete es mal nicht. Ausnahmsweise ruinierte kein Sturm ihre Frisur.

Pünktlich um 9 Uhr setzte sie sich auf den Drehstuhl an der Kasse und begann zu zappeln. Hoffentlich kam er heute nicht zu spät! Noch könnte Gitta die Kasse mal einen Augenblick verlassen. Die paar Kunden fertigte ihre Kollegin alleine ab. In einer halben Stunde würde das bemeckert werden. Erstens, weil das Brot zu spät in die Regale käme und zweitens, weil nicht genügend Kassen besetzt wären.

Endlich! Quietschend rollte ein voll beladener Brotgestellwagen in den Verkaufsraum. Von ihrer Kasse beobachtete Gitta, wie er von unsichtbarer Hand in den Brot- und Kuchengang geschoben wurde. Hoffentlich lieferte heute ihr Verehrer. Mitunter kamen andere. Das trübte den ganzen Tag. Mit Mühe konzentrierte sich das kleine Pummel auf die Kundin an ihrer Kasse. Umständlich zählte die pensionierte Frühaufsteherin die Münzen vor. Gitta grapschte sie sich und warf sie treffsicher in das Schubladengefache. Sie sprang auf und schloss ihre Kassenpassage. Mit wiegendem Gang stolzierte die Abenteuerin zu den Brotregalen. Ein Glück, der richtige Brotmann zwinkerte ihr zu: „Schön guten Morgen, meine Augenweide.“
Gitta hatte diese Huldigungen stets schmunzelnd ignoriert. Heute blieb sie stehen, schaute lächelnd in seine flatterigen Augen und fragte: „Wie viel

Augenweiden gibt es denn auf deiner Tour?" Sie kam sich äußerst mutig, gar keck vor.

Der Brotmann stutzte. Dann legte er los: „Schöne Frauen gibt es zuhauf in den Supermärkten, und meine Tour ist lang. Aber ich verehre die Besondere, die Einzigartige. Eben dich, meine Augenweide. Ein Tag, ohne dich zu sehen, ist für mich ein verlorener." Dabei tänzelte er, um größer zu erscheinen, wippend auf den Füßen.

„Wie viele Märkte belieferst du denn?"

„Zu viele, um sie zu zählen. Von 5 Uhr früh. Dafür bin ich mittags zu Hause. Wann gehst du denn?"

„Auch mittags." Die Warteschlange bei der Kollegin drängte Gitta zur Kasse zurück. „Mach´s gut. Ach, wie heißt du eigentlich?"

„Lutz, und du mein Augenstern?"

„Gitta."

Flugs eröffnete Gitta wieder ihre Kasse. Ihr Herz pumpte fühlbar. Sie schwitzte und befürchtete, dass ihr Gesicht knallrot glühte. Beim Scannen lugte sie noch mehrmals zu Lutz. Einmal kreuzten sich ihre Blicke. Was für ein Tag!

8.

Am Donnerstagvormittag der gleichen Woche ließen vertraute Geräusche Ulla aufhorchen. Das brummende Knattern eines fahrenden Motorrollers verlangsamte sich in das Tuckern eines stehenden. Das müsste Herr Sparbier sein. So nannte Holger alle Briefträger. Eine Marotte seines Vaters. Das Tuckern steigerte sich wieder zum Knattern.

Neugierig unterbrach Ulla ihre Sortierarbeit im Atelier und ging zum Briefkasten an der Toreinfahrt. Die Post wurde hier nicht mit nordeuropäischer Regelmäßigkeit zugestellt. Wenn mal alles perfekt lief, aber wann trat das in Andalusien schon ein, kam Herr Sparbier alle zwei Tage. Wenn nicht, hatte er sich krankgemeldet, was im Winter bei starkem Regen leicht passierte. Im August machte Spanien Urlaub, die örtliche Poststation auch. Dann kam die Post erst im Laufe des Septembers.

Heute fand Ulla drei Briefumschläge und eine Paketabholkarte im Briefkasten. Es bereitete ihr oft Vergnügen, das Datum der Poststempel zu entziffern. Selten war es jünger als eine Woche. Egal wo gestempelt, ob in Deutschland oder in Sotogrande. Da die Poststation nur vormittags öffnete, machte sich Ulla lieber gleich auf den Weg. Morgen am Personaltag blieb sie lieber im Haus.

Jedes Mal, wenn Ulla zur Post fuhr, erinnerte sie sich amüsiert an das erste Mal. Sie hatte drei Anläufe gebraucht. Eine Nachbarin hatte ihr den Weg beschrieben. „Am Ende des Feldwegs hinter der Internationalen Schule."

Den Feldweg hatte Ulla leicht gefunden, war aber nach zirka fünfhundert Metern umgekehrt. Die Sandpiste war so holperig, dass es schwerlich die richtige Zufahrt sein konnte.

„Doch, doch", wurde ihr erklärt, „einfach bis zum Parkplatz weiterfahren." Den hatte sie beim zweiten Versuch dann auch tatsächlich erreicht, ein ausgewaschener Sandplatz mit dichtem Gebüsch ringsherum, allerdings ohne Postgebäude.

„Doch, doch, hinter dem Gebüsch", wurde die Beschreibung präzisiert. Wenn sich nicht zufällig ein Pfadfinder durch das Gebüsch zu seinem Wagen zurückgekämpft hätte, wäre Ulla der Trampelpfad zwischen den Sträuchern wieder nicht aufgefallen. An der weißgekalkten Baracke mit vergitterten Fenstern prangte das gelbe Correos-Wappen der königlichen Post Spaniens.

Heute konnte Ulla darüber lachen. Es überraschte sie auch nicht, dass mickrige Ziegen den Feldweg blockierten. Meckernd gaben sie gemächlich den Weg frei und warteten im Straßengraben, bis Ulla vorbei gefahren war. Dabei läuteten die Halsglocken in verschiedenen Blechtönen.

Auf dem Parkplatz belegten drei Kleinwagen die begehrten Schattenplätze. Wie in Deutschland, griente Ulla, da parkte das Personal auf reservierten Plätzen und die Kundschaft musste sehen wo sie blieb. Im leeren Schalterraum war es stickig, nicht nur wegen der Julihitze, sondern besonders wegen der drei rauchenden Postler. Der mit den dicken Lupen vor den Augen saß am Schalter und füllte ein Formular aus. Die zerfurchte Stirn verriet, wie er sich anstrengte. Ulla wusste, dass sie ihn jetzt besser nicht störte. Es hätte dann nur länger gedauert. Das hatte Ulla schon bald gelernt. Nur mit Geduld kam man hier ans Ziel.

Hinter ihm saß die Bucklige mit dem Rücken zur Kundschaft. Sie sortierte Briefe. Das Ergebnis ihres bedächtigen Schaffens stapelte sie auf dem Fußboden. Über ihr an der Wand hing der König in grün. Ulla hatte mal im Scherz einen Spanier gefragt, ob das nicht Majestätsbeleidigung sei, ein derartig Sonnen verblichenes Farbfoto an der Wand zu lassen. Ihr wurde ernsthaft erklärt, dass der König gar kein richtiger Spanier wäre und obendrein von Franco ernannt worden war.

Der Dritte wuselte mit Kippe im Mundwinkel wichtig mit einem Stück Papier in der Hand umher. Ulla verdächtigte ihn schon seit längerem, der Chef der Poststation zu sein. Man sah ihn nie arbeiten. Dennoch war es schon vorgekommen, dass er sich eines wartenden Kunden erbarmte. Ulla hielt deshalb betont auffällig die Paketabholkarte in der Hand. Heute half es nicht.

Der Dünnhaarige richtete sich endlich auf, legte das Formular zur Seite und nahm Ullas Benachrichtigung entgegen. Er hielt sich die Karte zum Lesen so dicht vor das Gesicht, das ihm die Asche seiner Zigarette in den Schoß fiel und die Glut ein Loch in die Pappe sengelte. Dann stand er auf und verschwand im Hinterzimmer. Dabei drohte er über die sortierten Briefstapel der Buckligen zu stürzen. Jetzt wurde es spannend. Wenn er nicht gleich fündig wurde, würde die Kollegin bei der Suche mit eingespannt werden. Dann dauerte es für gewöhnlich mindestens eine Zigarettenlänge. Aber heute kam er schon bald mit einem Karton zurück. Die unlängst bestellten Bücher, vermutete Ulla.
Sie verließ die Räucherkammer und schnappte draußen nach Frischluft. Mit dem Paket als Beifahrer brauste sie los, als ob sie die verlorene Zeit wiedereinholen könnte oder müsste.

Ungefähr dort, wo sie schon auf der Hinfahrt aufgehalten worden war, wurde sie wieder zum Anhalten gezwungen. Diesmal nicht wegen der Ziegen. Eine altmodische Limousine lag bedenklich schräg im Graben. Ulla sprang aus ihrem BMW. Sie wollte es nicht glauben. Bestürzt näherte sie sich dem flaschengrünen Bentley. Mit ihren langen Beinen überwand sie mit einem weiten Schritt den Graben. Am Seitenfenster lag Sir Edwards Kopf. An der Stirn blutete er.

Alles stimmte exakt mit ihrer Vision überein. Nur hier zum Anfassen mit Grillenzirpen und Blütendüften. Auf dieser Seite blockierte der Graben die Türen. Flink sprang Ulla wieder auf den Weg zurück und öffnete die Beifahrertür. Sie ragte grotesk in den Himmel.

„Sir Edward? ", rief Ulla in den Wagen.

Mit zitternder Hand wies er auf die Windschutzscheibe. Sekundenlang rätselte Ulla, was er wollte. Dann begriff sie. Dort, wo er hinzeigte, klebte ein Plastikschildchen mit einem stilisierten Hubschrauber. Das Logo vom Helikopter Service mit Telefonnummer. Diesen privaten Rettungsdienst hatten vor zehn Jahren einige Reiche aus Marbella und Sotogrande gegründet. Die werden sicher gute Gründe gehabt haben, dachte Ulla. Nach ihrem Besuch bei der königlichen Post wollte sie lieber nicht wissen, wie denn der königliche Unfalldienst funktionierte.

Aufgeregt tippte Ulla die Notrufnummer in ihr Handy. Die Telefonistin vom Helikopter Service sprach Englisch und machte einen kompetenten Eindruck. Der Notarztwagen würde spätestens in einer Viertelstunde eintreffen. Sie wollte auch dem Sotogrande Sicherheitsdienst Bescheid geben, damit die das Rettungsfahrzeug lotsten. Ulla informierte Sir Edward. Er bedankte sich durch ein Handzeichen. Offensichtlich konnte er nicht sprechen und den Kopf bewegen.

Der Geländewagen des privaten Sicherheitsdienstes kam schneller als Ulla es für möglich gehalten hatte. Der Uniformierte meldete per Sprechfunk der Zentrale die Lage und brauste zum Eingangstor, um den Notarztwagen in Empfang zu nehmen. Die Zentrale bestellte einen Abschleppwagen. Sir Edward lag unverändert mit dem Kopf an der Seitenscheibe, blutete aber nicht mehr. Ulla beruhigte sich. Zwei Postkunden passierten den Unfallort. Ulla kannte sie vom Sehen. Sie fuhren erleichtert weiter, als sie verstanden, dass Ulla sich kümmerte.

Wie Fanfaren kündigten die Sirenen des Krankwagens den Auftritt des Arztes an. Der Weißkittel stieg in den Bentley, tastete Sir Edward ab, sprach mit ihm und winkte seinen Fahrer herbei. Zusammen hievten sie den Verletzten aus dem Wagen und bahrten ihn auf ein Tragebett, das sie in den Sanitätsbus luden. Dann brachen sie ohne Martinshorn zur Marbella Klinik auf. Ulla blieb noch etwas unschlüssig beim Bentley.

Da kam auch schon ein Abschleppwagen angebrettert. Ein Latzhosenmännchen hüpfte vom Führerstand, begutachtete die Lage und platzierte seinen Transporter rückwärts so dicht wie möglich vor den Bentley. Er zog ein Drahtseil aus einer Motorwinde und befestigte es unter der Stoßstange des Oldtimers. Der Zugmotor tuckerte. Das Seil spannte sich. Der Klient wurde im Schneckentempo aus dem Graben auf die schräge Ladefläche gezogen. Ulla staunte, dass die mickrige Winde das schaffte. Sie ächzte und quietschte. Das Drahtseil knirschte und knackte. Gleich würde es reißen und sie alle erschlagen, bangte Ulla. Sie trat vorsichtshalber außer Reichweite. Endlich erreichte der Bentley den Anschlag und wurde mit Bremsklötzen gesichert.

Ulla einigte sich mit dem Krauskopf, dass er den Wagen zu Sir Edwards Haus transportierte. Sie gondelte vorweg, um ihm den Weg zu zeigen.

Am Eingangstor erklärte sie über die Gegensprechanlage die Situation. Surrend öffnete sich das zweiflügelige Tor. Mit dem Auto kam Ulla die Zufahrt gar nicht so lang vor, wie sie aussah. Eine Hausangestellte wartete schon vor der Haustür. Sie trug ein hellblau, weiß gestreiftes Kleid mit weißer Schürze. Dass es so etwas überhaupt noch gab, wunderte sich Ulla. Die Tracht erinnerte sie an alte Filme. Die Spanierin hielt einen Besen in der Hand. Neben ihr stand die andalusische Schaufel. Eine Schaufel mit einem Stiel in Griffhöhe, der ihr das Bücken ersparte. Die Angestellte bekreuzigte sich, während Ulla noch mal ausführlich berichtete. Der Bentley wurde abgeladen. Die Samariterin verabschiedete sich und kehrte heim.

So hatte sich Ulla das Wissen um die Zukunft nicht vorgestellt. Sie warf sich vor, Sir Edward nicht gewarnt zu haben. Dass die Vision ernst zu nehmen war, hatte das Feuer dramatisch genug bewiesen. Sie fühlte sich mitschuldig. Hoffentlich war ihm nichts Ernsthaftes passiert. Ulla spürte einen inneren Schmerz. Nicht erreichbar wie ihre ständig juckenden Pusteln an den Armen und Beinen. Der innere Schmerz könnte nur durch reden gelindert werden. Holger würde frühestens in fünf Stunden heimkehren. Schweren Herzens verkniff Ulla sich, ihn in der Bank anzurufen. „Bitte nur, wenn's brennt", hatte er sie schon vor Jahren gebeten, ohne zu ahnen, wie wahr es werden sollte.

Waren das Feuer und der Unfall als drohende Zeichen zu deuten, den Ort zu verlassen? Wollte das Schicksal sie so zum Auszug aus dem Paradies drängen?

Nach drei Stunden steigerte sich ihre Sorge zur Angst. Sir Edward hatte sich noch nicht gemeldet. War er gelähmt? Oder lag er im Koma? Allein durch Apparate am Leben gehalten? Ulla litt unter dem Schuldgefühl. In ihrer Schweigenot erwog Ulla sogar, ihre Eltern anzurufen. Aber erstens hörten die nie zu und zweitens hätten die ihr mit Sicherheit vor allem deren aktuelle Leidenslage beschrieben.

Ihr Bruder Olaf würde erst am späten Nachmittag aus der Werkstatt kommen. Geholfen hatte ihr der Dummlack allerdings noch nie. Auf ein Gespräch mit seiner Frau Gitta verzichtete Ulla gerne. Die neidische Schlampe hätte sich an Ullas Problem gelabt. Ulla beschränkte die Familienkommunikation auf Geburtstage und Weihnachten.

Was sollte sie ihnen auch erzählen? Dass sie für Sir Edward einen Krankenwagen gerufen hatte? Dazu hätten die nur ‚na und' gesagt und eigene Unfallgeschichten vorgetragen. Wenn sie ihre Visionen erwähnt hätte, wäre sie gewiss gefragt worden, ob es ihr sonst gut gehe. Zweifel hegte die Sippschaft aufgrund ihrer Fotos schon lange.

Holger traf um halb acht ein. Ulla hatte sechs Stunden mit keinem geredet. Ungeduldig wartete sie, bis Holger sich umgezogen hatte. Das erledigte er, wie zwanghaft, immer als erstes, wenn er nach Hause kam. Als ob er schmutzig wäre. Vorher war er jedenfalls kaum ansprechbar. Dafür hörte er dann in salopper Freizeitkleidung umso aufmerksamer zu.

Sie saßen auf der Terrasse und tranken ein Gläschen gekühlten Manilva. Ein schwerer Wein mit kräftigem Rosinenaroma aus dem gleichnamigen Nachbarort. Wie bei so manchen Spitzenprodukten des Landes verstanden es die Spanier nicht, es zu vermarkten. Die weltweite Erfolgsgeschichte des längst nicht so wohl schmeckenden Sherrys, auch aus der Gegend, verdankten die Spanier hauptsächlich den Engländern.

„Heute habe ich die volle Punktzahl auf der Pfadfinderskala für gute Taten verdient", begann Ulla endlich mit ihrem Bericht.

Zum Schluss erkundigte sich ihr beflügelnder Zuhörer: „Wie geht es Sir Edward denn jetzt?"

„Der hat sich noch nicht gemeldet. Eigentlich hätte er sich längst bedanken können", grollte Ulla.

„Warum hast du ihn nicht einfach angerufen?"

„Das wäre mir zu Dank heischend", zierte sie sich.

„Weißt du überhaupt, dass er ein Kunde der Global-Bank ist? Ich ruf ihn sofort mal an."

Ulla bewunderte diese unkomplizierte, direkte Art. Sie könnte das nicht.

„Hallo Sir Edward, wie geht es Ihnen? Meine Frau erzählt mir gerade, dass sie Ihnen einen Krankenwagen rufen musste."

„Der Kopf ist etwas wackelig geworden. Die haben mir eine Halskrause verpasst. Jetzt sieht man wenigstens nicht mehr meinen zerknitterten Hühnerhals. Ein Glück, dass Sie anrufen. Ich wusste nämlich nicht, wer mir geholfen hat. Muss wohl ein wenig benusselt gewesen sein", er schien einen Augenblick nachzudenken, „womit könnte ich Ihrer Frau eine Freude machen. Blumen gibt es hier ja nur auf dem Friedhof. Die Sträuße sehen aus wie Grabschmuck. Fragen Sie sie bitte mal."

„Ich weiß, worüber sie sich freuen würde", Holger ließ ihn bewusst einen Augenblick warten, „am liebsten würde sie bei Ihnen mal zum Tee oder Drink vorbeikommen." Grinsend beobachte Holger, wie Ulla einen Ohnmachtsanfall simulierte.

„Wenn ich das gewusste hätte! Passt es Ihnen am Samstag, sagen wir 18 Uhr?"

„Wir kommen gerne, und gute Besserung." Holger schaltete das schnurlose Telefon ab.

Ulla prustete los: „Laden sich seine Dreistigkeit immer so bei Fremden zum Drink ein?" Ihr Gesicht nahm aber gleich wieder den vorherigen, bedrückten Ausdruck an. Sie wusste nicht, ob und wie sie mit Holger über ihre prophetischen Visionen sprechen sollte. Sie konnte sich nicht dazu durchringen und fragte stattdessen: „Kann sich Sir Edward kein modernes Auto leisten?"

Holger schaute sie verdutzt an: „Der könnte sich per Dauerauftrag regelmäßig das neueste Modell von Bentley liefern lassen. Auf den Kontoauszügen würde das kaum auffallen. Dieses Phänomen haben wir ja schon häufig, besonders auch hier in Sotogrande, beobachtet. Die wirklich Reichen geben ihr Geld nur aus, wenn es sein muss. Die weniger haben, meinen beweisen zu müssen, wie viel sie haben. Du kannst ihn ja übermorgen fragen. Der wird dir garantiert antworten, 'Wieso neuen Wagen? Der alte fährt einwandfrei und ist noch wie neu'."

„Hat allerdings weder Sicherheitsgurte noch Airbags! Ob sich bei unseren Wagen die Airbags entfaltet hätten?"

„Keine Ahnung. Warum beschäftigt dich Sir Edwards Missgeschick eigentlich so?"

Jetzt überwand Ulla sich. Verlegen offenbarte sie ihm ihre Erlebnisse beim Schwefelbad. Sie schloss entschuldigend: „Die Feuervision wusste ich nicht zu deuten. Und bei Sir Edward wollte ich mich nicht lächerlich machen. Ist das schlimm?"

„Höchstens, dass du es mir verheimlicht hast."

Ullas spürte schon eine Erleichterung. Sie schob ihre Hand unter seine.

„Wenn du es nüchtern betrachtest, ist hier ein Feuer im Juli keine Sensation. Ebenso wenig, dass der Siebzigjährige eines Tages mit seinem 1958er Bentley im Graben landet."

„Aber die Bilder, die mir vorher erschienen, glichen exakt dem, was ich später tatsächlich sah. Als ob man ein Foto vor dem Belichten hat."

„Das ist deine Gabe. Du bist eben etwas ganz Besonderes."

„Ach, du nimmst das nicht ernst."

„Fällt mir schwer. Du bist trotzdem die Tollste."

Ulla schmiegte sich an ihn. Holger legte den rechten Arm um ihre Schultern. Ulla seufzte: „Ach, wenn man nur wüsste, was uns die Zukunft bringt!"

9.

Am Freitag wachte Ulla mit kribbelnder Vorfreude auf. Morgen würden sie Sir Edward besuchen. Holger hatte gar nicht so maßlos übertrieben. Sie wünschte sich tatsächlich sehnlichst, privat eingeladen zu werden. Das bezog sich nicht nur auf den betagten Adligen. Ulla bedauerte die allgemeine Zurückgezogenheit ihrer Mitmenschen. Selbst innerhalb der Familien beschränkten sich die Kontakte auf wenige Anrufe. Die Tradition, Nachbarn, Kollegen oder Bekannte zu sich nach Hause einzuladen, wurde nicht mehr gepflegt. Ulla vermisste das. Lange war sie mit gutem Beispiel vorangegangen. Aber die wenigsten ihrer Gäste revanchierten sich. Es wurde auch zunehmend schwieriger, überhaupt Termine zu vereinbaren. Anfangs hatte Ulla angenommen, es läge an ihnen. Doch Holger, der nüchterne Beobachter, bewies ihr, dass bei den anderen noch weniger lief. Das sei heutzutage halt so und läge nicht an den Personen oder Orten. In Hamburg war es keinen Deut geselliger gewesen.

Zwei Probleme galt es heute zu lösen. Erstens, was sollte sie morgen anziehen? Und zweitens, was sollten sie mitbringen? Gleich nach dem Frühstück begab sich Ulla in das Schrankzimmer neben dem Schlafzimmer. Ende Juli würde es von 18 bis 20 Uhr auch im Schatten noch heiß sein. Wegen des unansehnlichen Ausschlags kamen nur lange Röcke oder Hosen in Frage. Während Ulla sich ihre Sommerkleider vor dem Spiegel anhielt, erinnerte sie sich an die Journalistin aus Madrid. Ihre Eltern lebten schon zwanzig Jahre hier. Die Tochter beneidete die Frauen aus Sotogrande wegen der entspannten Kleiderordnung. Was die Mode gerade vorschrieb, spielte hier kaum eine Rolle. Die festliche Bluse vom letzten Jahr trug man durchaus auch die nächsten Jahre. Mit dem aktuellen Chic aus den Modemagazinen verrieten sich hier die Städterinnen, die nicht ständig in Sotogrande leben konnten. Männer mit Krawatten waren wahrscheinlich im Dienst und mussten Umsatz machen.

Ulla entschied sich für ihr fast bodenlanges, marineblaues Leinenkleid. Die Ärmel bedeckten die Unterarme. Den tiefen V-Ausschnitt würde sie für Holger mit einer Brosche zustecken müssen. „Ein richtiger Kerl läßt seiner Frau nicht ins Dekolleté gaffen", ereiferte er sich so herrlich eifersüchtig.

Als Mitbringsel schieden Blumen aus. Für einen Mann hielt Ulla Blumen ohnehin für unpassend. Außerdem kannten die Spanier diese Sitte nicht. Sie brachten sich stattdessen eine Flasche Wein mit. Das gefiel aber Holger nicht. Es erinnerte ihn an ärmliche Studenten-Dinner. Ohne die mitgebrachte Flasche, hätte es nichts zu trinken gegeben.

Ratlos schlenderte Ulla aus dem Schrankzimmer Richtung Wohnzimmer. Hier dröhnte Maria mit dem Staubsauger. Ulla flüchtete in den Garten. José schob seine Hacke mit der Schubkarre zur hinteren Hecke. So bummelte Ulla in den Vorgarten. Auf der Straße schnurrte ein offener Golfwagen vorbei. Das gab es wohl auch nur in Sotogrande. Wer drinnen saß, konnte Ulla nicht mehr erkennen. Sir Edward hatte sie schon oft vorbeizuckeln sehen. Aber der konnte unmöglich schon wieder golfen, vermutete Ulla schuldbewusst. Das brachte sie auf eine Idee.

Sie begann mit der Suche im Atelier. In der Mitte, zum Fenster ausgerichtet, stand der übergroße Schreibtisch. Ringsherum verbargen Regale die Wände. In denen lagerte sie Kartons, Alben und Ausrüstung. Ulla bedauerte, dass ihre Art der Ordnung so chaotisch aussah. Freilich, solange sie fand, was sie suchte, wollte sie keine Zeit für repräsentative Ordnung verschwenden. Die Künstlerin fand genau in dem Karton, wo er hingehörte, den gesuchten DIN A4 Abzug. An sich schuf sie ihre Werke als Großfotos mit Breiten von fünfundsiebzig bis hundert Zentimetern. Aus einigem Abstand erkannte man dann die verborgenen Geschichten am besten.

Bei ‚Golfer's Heaven' reichte die Breite von dreißig Zentimetern. Im unteren Drittel schimmerte grünes Meer über die volle Breite. Das hatte sie einmal kurz vor einem Gewitter fotografiert. Darüber spannte sich von Rand zu Rand ein imposanter hundertachtzig Grad Regenbogen in allen Spektralfarben. Am blauen Himmel schwebten schneeweiße Wolkenhaufen, einige dunkel befleckt. Der grelle Regenbogen beherrschte das Bild. Beeindruckend, aber dem klassischen Kitsch nahe, urteilten sicher viele vorschnell. Sie übersahen, dass links auf einem Felsen im Meer ein Golfspieler weit ausholte, um einen unsichtbaren Ball abzuschlagen. Flog der imaginäre Ball bereits auf dem Regenbogen in die Wolke am Ende des Bogens rechts? Phantasievolle Betrachter erkannten in dieser Wolkenformation mühelos die gespreizten Schenkel einer nackten Frau. Wegen dieser möglichen Interpretation, die Holger sofort entdeckt hatte, wollte er dieses Werk nicht als Großformat im Haus aufhängen. Ulla schmunzelte heute erneut über seine altmodische Prüderie.

Sie betitelte und signierte das Foto auf der Rückseite, wartete bis der geschwungene Schriftzug getrocknet war und schob es vorsichtig in einen weißen Umschlag mit roten Rändern. Außen schrieb sie ‚Sir Edward' drauf. Ulla freute sich schon auf Holgers Ohnmacht, wenn er sah, welches Bild sie ausgesucht hatte. Ihre kleine Revanche für den Schrecken, den er ihr mit seiner ungenierten Selbsteinladung versetzt hatte.

10.

Am Freitag verließ Gitta, pünktlich wie immer, um 13 Uhr den Supermarkt. Sie stöckelte enttäuscht nach Hause. Seit drei Tagen tauschte sie mit Lutz nur Blicke aus. Er mimte zwar den Schmachtenden, unternahm aber nichts. Traute sich der Jüngling nicht? Oder hielt er sie doch für zu alt? Sie schätzte Lutz höchstens auf Anfang zwanzig. Mit Ende dreißig war sie fast doppelt so alt. Umso mehr genoss sie seine Schmeicheleien. Olaf sagte so etwas nie zu ihr. Ob das an der Größe lag? Lutz war auffällig klein, höchstens so groß wie sie selbst.

Mensch, hatte sie es damals genossen, als Olaf sich an sie ranmachte. Als Größter in ihrer Volksschulklasse wirkte Olaf älter als die anderen. Bald kam ihr der Verdacht, er hatte es vor allen Dingen auf ihre früh entwickelten Brüste abgesehen. Keine hatte voluminösere in ihrer Klasse. Egal. Die anderen Mädchen beneideten sie jedenfalls um ihren festen Freund. Das mit den Komplimenten hatte er leider nie gelernt.

Zirka fünfzig Meter vom Supermarkt entfernt sah Gitta Lutz. Er stieg aus einem Geländewagen und schritt direkt auf sie zu: „Hallo Gitta, meine Augenweide. Endlich sehe ich dich mal ohne Kittel. Darf ich dich nach Hause fahren?"
„Hallo Lutz, was für eine Überraschung!" Gitta schaute sich besorgt um. Es wäre ihr unangenehm, wenn jemand sie mit Lutz sähe. „Ja gerne, das ist ja lieb." Sie hatte es eilig, einzusteigen. Frauenfreundliches Einsteigen gehörte nicht zu den Stärken dieses Vehikels. Ihr Minirock rutschte beim Erklimmen des Hochsitzes die prallen Oberschenkel hoch. Mit zusammengepressten Beinen saß sie neben ihm auf der Sitzbank. Es roch nach Plastikleder und Sprayreiniger. Hier fühlte Gitta sich schon verborgener aber immer noch ziemlich beklommen, so allein mit Lutz in seinem Wagen. Wenn jetzt eine Nachbarin vorbeikäme und sie entdeckte? Wie sollte sie das erklären? Gitta ertappte Lutz, wie er ihr auf die nackten Schenkel und den Blusenausschnitt starrte. Als ob er sie mit den Augen verschlang. Er merkte, dass sie ihn erwischt hatte. Verlegen blickte er aus dem Fenster.
„Willst du nicht losfahren?" Eine Kundin näherte sich.
„Wo wohnst du denn?" Lutz startete und fuhr bereits rückwärts aus der Parklücke.
„Fahr einfach diese Straße drei Blöcke weiter. Können wir uns bei dir mal treffen?"
Kleinlaut senkte er den Blick: „Mutti ist ständig zuhause."
Gitta stutzte, dann schlug sie vor: „Dienstagnachmittags spielt meine Tochter Handball. Von 2 bis 4 Uhr bin ich allein. Fahr mal da vorne in die

Parkbucht. Dort drüben wohne ich. Achte mal im vierten Stock auf das dritte Fenster. Siehst du die Gardinen an der Seite? Ich geh jetzt und ziehe die Gardinen in die Mitte. Das ist unser Zeichen. Wenn du das am Dienstag siehst, kannst du kommen."

„Ich zähl die Stunden, Gitta. Bei wem soll ich klingeln?"

„Olaf Knoll. Ich muss gehen. Ich schiebe die Gardine gleich mal zur Probe. Wenn du es erkennst, blink mal mit der Lichthupe."

Gitta schaute sich besorgt um, dann stieg sie aus.

Silvia war zum Glück noch nicht zurück aus der Schule. So brauchte Gitta keine dummen Fragen beantworten. Zum Beispiel, warum sie um diese Zeit den Schlafzimmervorhang ausgerechnet in die Mitte schob. Gebannt heftete sie ihre Augen auf die Lampen des Geländewagens. Lutz konnte sie nicht erkennen. Die Scheinwerfer flammten auf. Dann wiederholte sich das Aufblenden noch dreimal, als ob er sich verabschieden wollte. Gitta schob den gelbbraunen Acrylstoff wieder zu den Seiten. Der Wagen verließ die Parklücke.

Schnaufend setzte sich Gitta auf den Bettrand. Ihr pochendes Herz beruhigte sich. Die Hitze blieb als nasser Film auf der Haut. Jetzt, wo sie es überstanden hatte, gefiel ihr die Aufregung. In ihrer Fantasie hatte sie sich schlimmste Peinlichkeiten ausgemalt. Aber richtig aufregend würde es nächsten Dienstag werden. Das hieß vier Tage prickelnde Vorfreude.

11.

Am Samstag klingelten Holger und Ulla um fünf nach sechs am Tor bei Sir Edward. Darauf hatten sie sich geeinigt. Holger wollte wie immer auf die Sekunde pünktlich sein. Ulla wollte sich landesüblich fünfzehn Minuten verspäten. Sie waren zu Fuß gekommen. Sir Edward begrüßte sie am Hauseingang. Er sah mit der Halsstütze noch hagerer aus als sonst. Seine Stirnwunde verschorfte. Gemeinsam durchschritten sie die Eingangshalle und das Wohnzimmer und traten auf die überdachte Terrasse. Die Dimensionen hätten auch für ein mittelgroßes Hotel gereicht. Hier draußen unter der riesigen Überdachung standen drei breite Sofas in U-Form um einen Mosaiktisch. Der Ausblick auf den Garten mit dem angrenzenden Golfplatz und dem dahinter liegenden Meer ließ sie tief Luft holen. Ulla überreichte dem Gastgeber den Umschlag. Er legte ihn achtlos zur Seite und erklärte: „Vielen Dank. Solange Sie nichts zu trinken haben, habe ich keine Muße, mich ihm gebührend zu widmen. Was wollen Sie trinken?"

„Wenn Sie einen kühlen Weißwein hätten, . . ." setzte Holger an. Ulla pflichtete ihm bei: „Dem würde ich mich gerne anschließen."

„Haben wir bestimmt da." Er rief ins Haus: „Maria!"

Noch eine Maria, amüsierte sich Ulla. Die Hausmädchen hießen hier alle Maria oder Ana, die Gärtner alle José oder Paco. Empfahl das damals die Mode oder die Kirche?

Maria, heute im Rotweißgestreiften mit weißem Spitzenschürzchen, erschien sofort in der Terrassentür. Sie hatte anscheinend schon in der Nähe gelauert. Wenig später servierte sie zwei vor Kälte beschlagene Weingläser und ein Glas mit goldbrauner Flüssigkeit. Darin schwammen Eiswürfeln. Holger und Ulla setzten sich auf das Sofa mit dem besten Blick. Der Hausherr wählte die Couch neben Ulla. Sie prosteten sich zu. Dabei bedankte er sich für Ullas Hilfe.

„Wie ist denn das überhaupt passiert?" wollte es Holger mal wieder ganz genau wissen.

„Plötzlich sprangen Ziegen aus dem Graben vor den Wagen. Vor Schreck riss ich das Steuer rum und landete selbst im Graben. Die blöden Ziegen zogen bimmelnd weiter. An mehr erinnere ich mich nicht. Dann müssen Sie irgendwann gekommen sein. Mein Genick schmerzte so, dass ich noch nicht mal wagte, zu sprechen geschweige denn, den Kopf zu drehen. Wenn ich gewusst hätte, was ich versäumte, hätte ich es wenigstens versucht. So zeigte ich nur auf den Aufkleber des Notdienstes."

Sie unterhielten sich auch noch über das Feuer. Holger merkte Ulla an, wie sie drauf brannte, dass ihr Umschlag geöffnet wurde. Beinahe hätte Sir Edward auch noch sein Whiskyglas darauf abgestellt. Doch dadurch bemerkte er das Kuvert, das durch den signalroten Rand an ein warnendes Verkehrschild erinnerte. Behutsam zog er das Foto heraus. Holger sah, wie Ulla den Alten erwartungsvoll beobachtete. Als Holger das Foto wiedererkannte, tadelte er sich selbst, sich vorher nicht drum gekümmert zu haben. Ausgerechnet dieses Schlüpfrige, das die Golfer auf den Arm nahm! Jeder wusste, dass Sir Edward fast täglich golfte.

„Das ist ja ein unglaubliches Bild! Wo haben Sie das her?" Dabei drehte er es um und las den Titel und die Unterschrift: ‚Golfer's Heaven, Ulla Allu'.

Holger sah ihm an, wie es in seinem Kopf arbeitete, als er nochmals die Kollage begutachtete. Dann blickte er Ulla an: „Ist Ulla Allu die Künstlerin?"

Ulla nickte errötend. Er bat Holger mit einem fragenden Blick auf Ulla und das Bild um Aufklärung. Holger antwortete mit einem bedeutungsvollen Nicken.

„Haben Sie noch mehr davon?" wandte er sich wieder an Ulla.

„Was halt so in fünfundzwanzig Jahren zusammenkommt", antwortete sie lachend und lehnte sich entspannt im Sofa zurück.

„Wäre es unverschämt, Sie zu bitten, mir mehr davon zu zeigen?"

Ulla warf Holger einen prüfenden Blick zu. Holger verstand sofort, was Ulla zögern ließ. Sir Edward war sein Kunde. Sie wollte mit ihrer Eitelkeit seine Geschäfte nicht stören. Er griente sie auffordernd an.

Ulla schlug vor: „Kommen Sie einfach bei uns vorbei. Das Haus ist voll davon. Wieso interessieren Sie sich dafür?"

„Fotokunst ist eine meiner Leidenschaften."

Holger bemerkte, wie sich seine Augen verschlagen zu Schlitzen verengten. Beim nächsten Lidschlag strahlten sie wieder freundlich lächelnd. Holger kannte diesen Blick. Er hatte ihn bisher nur bei geschäftlichen Verhandlungen beobachtet. Jetzt würde der Alte wahrscheinlich redselig werden. So hatte Holger das bei den anderen erlebt.

„Das Besondere dieses Bildes ist, dass es farbig ist. Die meisten Kunstfotos sind schwarzweiß. Das gibt ihnen eine kühle Strenge, die zwar oft beeindruckt aber selten erfreut. Wie halten Sie es mit den Farben?"

„In der dunklen Heimat habe ich Farbe nie in Betracht gezogen. Viele Aufnahmen machte ich auch im Studio mit Kunstlicht. Erst das magische Licht Andalusiens hat mir die Augen für Farben geöffnet."

„Wann darf ich kommen?"

„Geben Sie mir eine Woche."

„Dann revanchieren wir uns mit einem Drink am Samstag um 18 Uhr bei uns", schaltete sich Holger wieder ein. Er brachte gerne alles auf den Punkt.

Auf dem Heimweg erzählte Holger von seiner Beobachtung und versprach: „Am Montag forsche ich mal nach, was Sir Edward für einer ist." Von der Vorfreude berauscht zuckte Ulla nur die Schultern. Banker-Tratsch interessierte sie wenig.

12.

Am Dienstag war Gitta so aufgeregt, dass sie oft zur Beruhigung tief durchatmete. Als ob es helfen würde, schloss sie dabei die Augen. Endlich, gegen 14 Uhr verließ Silvia mit ihrem bunten Rucksäckchen über der linken Schulter die Wohnung. Gitta erwartete sie nicht vor 16 Uhr vom Handballtraining zurück.

Bebend trat Gitta an das Schlafzimmerfenster. Lutz` Geländewagen konnte sie nirgends mit Sicherheit identifizieren. Dafür sahen die vielen Försterautos zu ähnlich aus. Wer heute was auf sich hielt, rüstete sich mit diesen paramilitärischen Fahrzeugen auf. Ahnten die alle einen Bürgerkrieg voraus?
Mutig entschlossen schob Gitta mit zusammengekniffenen Lippen die Übergardine in die Mitte. Erwartungsvoll setzte sie sich aufs Bett. Ihr Magen flatterte. Dabei passierte tatsächlich gar nichts. Im Haus lärmte um diese Zeit auch keiner. Nur ein entferntes Brabbeln ließ Gitta vermuten, dass die schwerhörige Witwe im zweiten Stock fernsah. Nach zirka fünf Minuten hielt Gitta es nicht mehr aus. Sie raste ins Bad. Frisur und Make-up bedurften keiner Nachbesserung. Auf dem Wohnzimmertisch standen noch leere Bierflaschen und volle Aschenbecher. Widerwillig räumte Gitta auf. Wie jedes Mal maulte sie dabei: „Warum immer ich?" Mit Kochen und Waschen schuftete sie, ihrer Meinung nach, als Halbtagskassiererin genug. Aufräumen und Saubermachen sollten gefälligst Olaf und Silvia. Deren Einsicht hielt sich jedoch in Grenzen. Gittas Bedürfnis für Sauberkeit und Ordnung auch.

Obwohl Gitta so dringend darauf wartete, ließ sie das Schellen der Türklingel wie durch einem Stromstoß zusammenzucken. Sie wetzte zur Wohnungstür. Bebend drückte sie den Öffnungsknopf der Haustür. Jetzt gab es kein Zurück mehr. Spätestens in einer Minute würde Lutz vor der Tür stehen. Sie presste das linke Auge auf den Türspion. Sie wollte die Tür genau im richtigen Moment öffnen. Lutz sollte nicht unnötig lange im Treppenhaus zu sehen sein. Wer weiß, wer ihn entdecken würde. Womöglich die missgünstige Hungerleiderin vom Ende des Gangs. Andererseits standen ihre Chancen gut. Sämtliche Nachbarn ihrer Etage arbeiteten ganztags. Das einzige Kind spielte Handball.

Lutz trat um die Flurecke und las die Namensschilder. Gitta riss die Tür auf, winkte Lutz wild aber stumm herein und schlug die Wohnungstür hinter ihm zu. Beide ergriff Verlegenheit. Zum ersten Mal so nah und unbeobachtet. Gitta brach den Bann, indem sie Lutz am rechten Arm Richtung Wohnzimmer bugsierte. Diese erste Berührung ermutigte Lutz.

Er drehte sich zu ihr, umschlang sie mit beiden Armen und drückte sie an sich. Bebend lehnte Gitta ihren Kopf an seinen. Drei tiefe Seufzer lang verharrten sie so. Dann verschmolzen ihre Lippen. Als sie sich widerstrebend lösten, rauschte ihr das Blut durch die Adern. Sie atmeten heftig. Gitta entschied sich, auf das züchtige Getue zu verzichten. Eine anständige Frau hätte Lutz sowieso nicht empfangen. Wozu also die knappe Zeit vergeuden? Sanft bugsierte sie Lutz ins Schlafzimmer. Sie setzten sich dicht nebeneinander auf die Bettkante. Ihre Schenkel berührten sich. Lutz legte seinen linken Arm um ihre Schultern. Gitta durchrieselte es wohlig.

„Ich hoffe, du bist nicht zu enttäuscht, weil ich meiner Traumfrau nichts mitgebracht habe. Es fällt mir schwer, der Schönsten von allen kein Geschenk zu machen. Aber ich dachte, es könnte dir Schwierigkeiten bereiten."

„Lieb, dass du darüber nachgedacht hast."

„Ich habe sogar noch an etwas Anderes gedacht." Pfiffig grinsend griff Lutz mit der rechten Hand in seine Brusttasche, fummelte einen Augenblick und holte ein versiegeltes Kondom hervor.

Gitta brauchte einen Moment, bis sie es erkannte.

„Lieb, dass du dran gedacht hast." Ihr wurde bewusst, wie unerfahren sie sich in dieses Abenteuer stürzte. Es hatte außer Olaf nie einen anderen gegeben. Sie gehörte zur ersten Generation, die mit der Antibabypille kondomfrei aufwuchs. Als später AIDS den Spaß verdarb, und Kondome wieder zur Etikette gehörten, hatte sie das bislang nicht betroffen. Wie sich das wohl anfühlte? Sie wollte sich möglichst nicht ihre Kondomjungfräulichkeit anmerken lassen.

Später beobachtete sie, wie Lutz die Verpackung aufriss, achtlos aufs Bett warf und das Kondom über sein steifes Glied abrollte. Nur im ersten Augenblick beim Eindringen spürte Gitta flüchtig etwas Fremdes, unwesentlich im Vergleich zu der Sensation der Gefühle. Es erinnerte sie an die ersten Male mit Olaf.

Danach hatte es Lutz eilig, fort zu kommen. Gitta hätte zwar noch gerne mit ihm faul auf dem Bett gekuschelt. Andererseits war sie froh, ihn nicht drängen zu müssen. Es verkürzte das Risiko, wenn er bereits um halb vier verschwand. Beide freuten sich schon auf nächsten Dienstag.

13.

Am Mittwochvormittag begann Ulla mit den Vorbereitungen für Sir Edwards Besuch. Sie hatte nicht übertrieben. Ihre großen Kollagen hingen überall im Haus. Aber im Atelier schlummerten noch erheblich mehr. Diese durchstöberte sie jetzt. Einige hatte sie schon lange nicht mehr gesehen. Jedes dieser Großfotos rief Erinnerungen hervor. Die Auserwählten passten nicht alle an die wenigen noch freien Wände. Ulla befürchtete auch, dass Holger gegen eine weitere Bepflasterung wäre. „Das sieht sonst so aus, als ob es uns außer Kontrolle geraten wäre", hatte er schon einige Male gemahnt.

Suchend wanderte Ulla von Raum zu Raum. Im Gästezimmer kam ihr die rettende Idee. Dies Zimmer wurde seit drei Jahren nicht mehr benutzt. Im ersten Jahr waren Holgers Eltern zu Besuch gekommen und im zweiten Ullas.

Wenn man die beiden Betten getrennt an die Wände schob, könnten in der Mitte des Raums noch Stellagen aufgestellt werden. Holger würde sicher nichts dagegen haben. Zumal sie auch keinen Logierbesuch erwarteten. Zum Glück putzte Maria noch. Schweigend half sie beim Möbelrücken. Dabei konnte sie ihren zweifelnden Seitenblick kaum verbergen.

Nachmittags stellte Ulla die zerlegten Stellagen auf. Jetzt hatten sechs weitere Großformate Platz. Welche sollte sie präsentieren? Sie entschied sich für die, die Holger für zu schräg hielt. Wie zum Beispiel ‚Captain's Rocío'. Das verfremdete ein populäres Folkloremotiv. Ein Planwagen wurde meist von einem Ochsen durch die verdörrte Landschaft gezogen. Begleitet von Familien in Flamencokostümen auf dem staubigen Weg zum abgelegenen Wallfahrtsort in der Doñana. An dieser alljährlichen Prozession zur schwarzen Madonna nahmen tausende Gläubige unglaubliche Strapazen auf sich. Ullas Kollage zeigte statt des Planwagens eine Luxusmotoryacht. Ein Kapitän in weißer Uniform stand am Bug und hielt ein Seil. Statt des Ochsen zerrte ein kleiner Kastenwagen. Mit dem rückten hier die Klempner und Elektriker gewöhnlich an. Daneben wanderten einige Personen in festlicher Abendgarderobe durch den Staub. Aber das Schiff in der Einöde beherrschte das Bild und gab ihm etwas Surreales fast Morbides. Die verschwommenen Personen und das Fahrzeug offenbarten sich nur den phantasievoll Interessierten. Es steckte tagelange Arbeit in diesen Kollagen. Oft dachte Ulla, dass es leichter wäre, sie zu malen. Dieses Werk basierte auf Dutzenden Fotos. Durch Ausschnittsvergrößerungen und Mehrfachbelichtungen hatte Ulla sie schließlich auf ein Negativ vereint. Diese goldene Regel hatte sie sich auferlegt. Das endgültige Großfoto stammte von einem Negativ. Verkauft wurden davon maximal neun mit Ulla Allu signierte Abzüge. Um diesen Teil ihrer Leidenschaft hatte Ulla sich jedoch nie bemüht. Es hatte nach der ersten schicksalhaften Ausstellung noch zwei weitere gegeben. Seit sie in Spanien lebten, überhaupt keine mehr. Ihre farbigen Fotos waren noch nie öffentlich gezeigt worden.

Sie freute sich schon auf Sir Edward. Bei ihm spürte sie mehr Interesse als die meistens geheuchelte Höflichkeit. Ihn schien auch nicht, wie so oft, das Surreale zu verunsichern.

14.

Ursprünglich wollte Ulla schon längst wieder ins Schwefelbad. Am Donnerstagnachmittag schaffte sie es endlich, sich von den Vorbereitungen loszureißen. Es wurde dringend Zeit. Die ständig juckenden Stellen quälten sie. Tagsüber konnte sie das vermeintlich lindernde Kratzen unterdrücken. Die in der Nacht wundgescheuerten Stellen demoralisierten morgens ihre Beherrschung für die nächsten Stunden.

Offensichtlich linderte es auch nicht, dass Holger das Thema Karriere und Versetzung nicht wieder erwähnte. Ulla versprach sich wenig davon, selbst nachzufragen. Wenn er nicht von sich aus darüber sprach, war er noch nicht so weit.

Auf dem Parkplatz beim Stinkeflüßchen hatte Ulla wieder die freie Wahl. An den Wochenenden sei hier mehr los, behauptete José. Seit einigen Jahren erlebte die Region erstmalig die Vollbeschäftigung. Früher hatte noch nicht mal die Hälfte der Männer regelmäßig Arbeit. Viele verdienten nur zur Erntezeit etwas Geld. Mit dem Tourismus kam die Arbeit. Heute konnten nur noch mit illegal schuftenden Marokkanern die Ernten eingebracht werden.

Was für eine verrückte Welt, in der man Menschen das Arbeiten verbietet! Fast täglich wurden ertrunkene Afrikaner an den Strand gespült. Kräftige, arbeitswillige Männer, die ihre Schlauchboote überschätzt und die Strömung bei Gibraltar unterschätzt hatten. Die Europäer leisteten sich den Luxus, mit reichlich Personal, Radar und Schiffen Tag und Nacht die Küste zu bewachen, damit sich bloß keine Erntehelfer einschlichen. Die Geisteshaltung erinnerte Ulla arg an die Stadtmauern des Mittelalters.

Im römischen Gewölbebad hatte sich auch nichts verändert. Ob sie heute wieder eine Vision haben würde? Bitte nicht wieder ein Unglück! Ulla wünschte sich so sehnlich mehr Wissen über ihre Zukunft mit Holger in Sotogrande. Heute zwang sie sich, die befallenen Stellen länger in das schwefelige Wasser zu halten. Danach döste sie wieder im kühlen Schatten des Tunnels.

Diesmal schlug die Vision nicht wie ein Blitz ein. Sie trat langsam aus wabernden Nebelschwaden als Schemen hervor. Wenn Ulla nicht darauf gewartet hätte, wäre es ihr vielleicht gar nicht bewusst geworden. Aber so geduldete sie sich furchtlos. Da saßen sich zwei Personen an einem Tisch gegenüber. Das Nebelgrau lichtete sich und gab Details preis. Aufgeregt erkannte Ulla das rechte Gesicht. Holger grinste gekünstelt. Ulla kannte das. So hörte er meistens zu, wenn es ihn nicht interessierte. Doch wem? Könnte das etwa Sir Edward sein? Nein. Der war kleiner als Holger. Diese Person hatte dagegen mindestens Holgers Größe. Der Tisch und der Hintergrund erinnerten sie an ihre Terrasse. Es gab bei der Veränderung der Bildschärfe dieser Vision nicht den Scheitelpunkt wie bei Ferngläsern, ab dem es wieder unscharf wurde. Ullas Vision verschwand unwiederbringlich bei einem Schärfegrad, der noch steigerungsfähig gewesen wäre. In der letzten Sekunde erkannte sie das zweite Gesicht. Sie konnte es nur nicht glauben. Es war Olaf, ihr Bruder.

Abends schilderte Ulla dem zweifelnden Holger ihre Vision.
„Dass Olaf und ich bei uns am Terrassentisch sitzen, halte ich für äußerst unwahrscheinlich. Überleg mal, wann wir zuletzt mit ihm zusammen waren. Vor fünfzehn Jahren, kurz nachdem wir in unser erstes Haus gezogen waren. Weißt du noch, wie Gitta vor Neid fast Galle kotzte?"
„Vergiss nicht, wie beleidigt du dich fühltest, als sie unterstellte, 'mit rechten Dingen könne das ja wohl nicht möglich sein'."

Holger blies die Luft durch die Nase aus und presste die Lippen. Nie zuvor war seine Ehre so verletzt worden.

„Mensch, warst du da böse." Ulla zögerte und fuhr schaudernd fort, „ich hoffe, du sprichst nie mit mir in diesem schneidenden Tonfall und mit diesem Blick, der das Blut gefrieren läßt."

„War ich so schlimm?" spielte Holger das Unschuldslamm.

„Die Worte gar nicht mal so. Ich glaub du sagtest ‚wenn du nicht meine Schwägerin wärest, würde ich dich jetzt rausschmeißen'. Aber wie du es sagtest und dein Blick sie durchbohrte ... mich gruselt es jetzt noch."

„Drum werde ich wohl kaum mit Olaf hier am Tisch sitzen."

„Das stimmt schon. Ich habe es nur gesehen. Genauso wie das Feuer und den verunglückten Sir Edward."

15.

Das Wochenende fing ja toll an, grollte Olaf am Samstagmorgen. Er sollte Gitta helfen, die Betten neu zu beziehen. Sein Beitrag beschränkte sich auf das Herausheben der Matratzen. Im Stillen gab er ihr recht, das fiel selbst ihm nicht leicht. Für seine kleine Gitta schier unmöglich. Freudlos trottete er ins Schlafzimmer, postierte sich ans Fußende des Doppelbetts und schob beide Hände unter die hinteren Ecken der linken Matratze. Es lagen zwei mit Spannbettlaken bezogene Matratzen eng gepresst im Bettgestell. Zu dick, um sie richtig greifen zu können. Dennoch schaffte er es gleich beim ersten Versuch, Gittas herauszuwuchten. Dabei kullerte etwas auf sein Bettlaken. Er platzierte die Matratze so schräg, dass sie nicht gleich wieder in die vorherige Lage zurückrutschen konnte. Gitta löste die Gummizugecken des Lakens. Olaf wollte sich gerade die zweite Matratze schnappen, da entdeckte er eine eingerissene, blauweiße Plastikfolie auf seinem Laken. Zirka so groß wie eine Kreditkarte nur dünner. Er hob das Fundstück auf. Als er es in der Hand hielt, wusste er, was es war. Er kannte es von seinen gelegentlichen Bordellbesuchen. Eine aufgerissene Kondomverpackung.

„Ach nee, was ist das denn?" blubberte Olaf los und hielt sie Gitta mit gespreizten Fingern dicht vors Gesicht.

Gitta wich zurück und erstarrte beim Erkennen mit offenem Mund und aufgerissenen Augen. Ihr Gesicht flammte wie ein Streichholz auf. Das reichte Olaf als Geständnis.

„Den Rest können ja deine anderen Kerle machen", brüllte er voller Wut. Beim Rausrasen knallte er die Schlafzimmertür zu. Die gerahmte Zigeunerin wackelte über dem Bett. Gitta eilte hinter ihm her. Indessen krachte auch schon die Wohnungstür zu.

Olaf raste zum Fahrstuhl. Wütend rüttelte er an der blockierten Tür und hämmerte auf die Ruftaste. In Brass rannte er die Treppen herunter. In der Tiefgarage stiefelte er im Brutalschritt zum Wagen. Er hätte auch noch die Fahrertür leiden lassen. Doch dafür hing er zu sehr an dem neuen aber noch nicht vollständig abbezahlten Ford.

16.

Als es am Samstag klingelte, blickte Holger automatisch auf seine Armbanduhr. „18:10. Na, das wollen wir mal durchgehen lassen", alberte er. Er hoffte damit, Ulla etwas aufzulockern. Ruhelos war sie seit Stunden aufräumend und Staub wischend unterwegs. Jetzt rannte sie mit kindlicher Ausgelassenheit zur Tür.

Sir Halskrause überreichte Ulla einen immensen Rosenstrauß und Holger eine Flasche: „Ich habe das Rosenbeet roden lassen und Maria das Blumenbinden gelehrt", erklärte er augenzwinkernd, „der Whisky ist meine Lieblingsmarke, nur für den Fall dass ich Ihren nicht mag."
„Na, dann schenk ich uns gleich mal einen ein. Bin gespannt, ob ich Ihren runter bekomme", parierte Holger lachend.
„Und ich suche mal einen Eimer für die Rosen", schloss sich Ulla übermütig an.

Sir Edward trat näher an die beiden Großfotos in der Eingangshalle. Die abstrakten schwarzweißen Licht- und Schattenspiele verliehen dem Eingangsbereich eine strenge Eleganz.
„Auch von Ulla Allu?" fragte er mit anerkennend gestülpten Lippen.
„Was anderes kommt uns nicht an die Wände", bestätigte Holger mit heiterem Stolz.

Wenig später saßen sie am Terrassentisch und prosteten sich zu. Ulla trank Manilva. Die Männer tranken den mitgebrachten Whisky. Als sie die Gläser auf die Untersätze zurückstellten, wunderte sich Holger, dass in seinem

Glas deutlich weniger war. Er hatte bewusst brüderlich eingeschenkt und selbst nur genippt. Einem Kunden eilte er beim Trinken nie voraus. Hatte der nur so getan als ob?

Ulla erkundigte sich nach seinem Genick. Holger nutzte die Gelegenheit, auf die Gesundheit anzustoßen. Dabei beobachtete er ihn genau. Wieder simulierte Sir Edward, diesmal gekonnt mit einem genüsslichen ‚Ah' beim Absetzen.

Wollte der sie vergiften? Warum trank der sein Lieblingsgesöff nicht?

Der Rosenkavalier gestand Ulla: „Sie glauben nicht, wie gespannt ich auf Ihre Bilder bin. Seit einer Woche denk ich an nichts anderes."

Beglückt sprang Ulla auf und begann mit der Führung im Wohnzimmer. Holger folgte ihnen und behielt den Giftmischer im Auge.

Seit Montag versuchte Holger, Informationen über den Nachbarn zu erhalten. Der Kontoführer wusste nicht mehr, als Holger aus den spärlichen Kontobewegungen selbst entnehmen konnte. Vor zehn Jahren waren auf das Konto 1 Million Pfund überwiesen worden. Das Geld kam von der Citibank New York. Der Auftraggeber war eine Gesellschaft mit einem nichts sagenden Fantasienamen. Holger hatte einen Kollegen in New York gefragt, wer damals Gesellschafter war. In der kommenden Woche rechnete er mit der Antwort. Dann hoffte er auch, etwas aus London über Sir Edward zu erfahren.

Der vertiefte sich gerade in die Obst- und Gemüsekollage im Esszimmer. Ulla genoss sein Interesse und Lob. Als die Ausstellung im Gästezimmer an die Reihe kam, klingelte das Telefon. Der Argwöhnische ließ die beiden alleine und eilte in die Halle zur Ladestation des Schnurlosen.

Olaf meldete sich: „Hallo Holger, kann ich Ulla mal sprechen?"

Fast wäre Holger das handliche Telefon entglitten. „Kann sie zurückrufen?"

Als Antwort hörte Holger schweres Atmen.

„Kann ich sonst helfen? Worum geht es denn?"

„Es ist nur . . ., ich wollte . . ., dürfte ich eventuell ein paar Tage zu euch kommen?" stotterte Olaf.

„Zu dritt?" hakte Holger entsetzt nach. Er musste sofort an Ullas letzte Vision denken.

„Alleine", flüsterte Olaf.

„Wann denn?" fragte Holger schon entspannter.

„Am liebsten sofort. Ich habe noch keinen Flug gebucht."

50

„Ist alles ok?"

„Kann ich nicht doch mal kurz mit Ulla sprechen?" bettelte Olaf.

„Hast du mit ihr kürzlich schon mal telefoniert?"

„Zum Geburtstag. Ich weiß, ich hätte mich schon längst mal melden sollen", entschuldigte Olaf sich.

Holger empfand Mitleid: „Olaf, natürlich kannst du kommen. Ulla freut sich auch. Ruf an, wenn du weißt, wann du ankommst. Sie wird dich vom Flughafen abholen. Soll Ulla nachher noch mal zurückrufen?"

„Ich bin nicht zuhause. Aber vielen Dank. Bist ein feiner Kerl."

Nachdenklich ging Holger zu Ulla und Sir Edward zurück. Er fand sie in Ullas Atelier. Sie stellten gerade eine Auswahl von Din-A4 Abzügen zusammen. Sir Edwards Stirnfalten und gekniffene Augen verrieten seine Konzentration. Überschwänglich erklärte Ulla: „Sir Edward will eine Mustermappe mit nach London nehmen. Er kennt dort einige Galeristen. Wer hat denn angerufen?"

„Später. Soll ich uns die Drinks hier herholen?"

Sir Edward schaltete sich ein: „Nicht nötig, wir sind gleich fertig." Er schien überaus zufrieden zu sein. Als er den Deckel der Mustermappe zuband, bemerkte Holger, wie sich die Augen des Alten für einen Lidschlag listig zu Schlitzen verengten.

Auf der Terrasse unterhielten sie sich noch eine Stunde. Der Gast trank jetzt flott drei Gläser. Holger nutzte die Gelegenheit, sich zu erkundigen, was er denn vor seinem Ruhestand gemacht habe.

„Ich schäme mich, einem so tüchtigen Banker zu gestehen, dass ich immer nur Papas Sohn war."

„Und wie verdiente Papa sein Geld?" bohrte Holger unerschrocken nach.

Ulla brach der Schweiß aus über so viel Impertinenz.

„Alter englischer Landadel", kicherte er verschmitzt und rotköpfig vom Alkohol. Er horchte auf, als die Kaminuhr 19:30 anschlug, und verabschiedete sich.

Als sie wieder alleine am Terrassentisch saßen, grollte Ulla: „Mit deinen indiskreten Fragen hast du ihn vertrieben. Als ob er die Bank anpumpen wollte. Dabei kann er vielleicht eine Ausstellung in London arrangieren."

Holger lächelte Ulla entwaffnend an: „Wenn er das schafft, liegt das an deinen Fotos. Meine Fragen verhindern das nicht. Normalerweise reden die Menschen am liebsten über sich selbst. Wenn nicht, stimmt was nicht.

Und das Gefühl habe ich bei dem geschätzten Sir. Ist dir aufgefallen, dass der anfangs nur so tat, als ob er getrunken hätte? Warum wohl?"

„Ganz simpel, der wollte meine Bilder nüchtern begutachten."

„Klar. Aber warum? Wittert er ein Geschäft? Er hat jedenfalls wieder wie letzte Woche diesen verschlagenen Blick gehabt. Den kenne ich von einigen Kunden."

„Ich glaub, du magst ihn nicht." unterstellte Ulla.

„Quatsch. Habt ihr schon etwas Geschäftliches vereinbart?"

„Nein. Er zeigt die Bilder erst den Galeristen und meldet sich dann wieder."

„Sind deine Copyright-Aufkleber auf den Mustern?"

„Habe ich gar nicht draufgeachtet."

„Nächste Woche werden wir mehr über ihn wissen", kündigte Holger an, zögerte und fuhr fort, „wann hast du zuletzt mit Olaf gesprochen?"

Ulla stutzte, zählte mit den Fingern der linken Hand und antwortete: „Vor über fünf Monaten. Am 12. Februar, an seinem Geburtstag. Warum?"

„Er will uns besuchen. Alleine!"

„Ach, hat es die Ehe jetzt auch erwischt? Was hat er denn gesagt. Nun lass dir doch nicht alles so aus der Nase ziehen. Dass du das überhaupt solange für dich behalten konntest."

„Er hat nichts erzählt. Ich habe ihm angeboten, für ein paar Tage zu kommen. Aber viel wichtiger ist deine Vision. Gestern hast du ihn mit mir am Terrassentisch gesehen. Ich hielt das für äußerst unwahrscheinlich. Jetzt nicht mehr. Ulla, du kannst es tatsächlich. Damit ruinierst du mein Weltbild."

Lachend protestierte Ulla: „Das vervollständigt dein Weltbild."

Holger nickte nachdenklich. „Möglicherweise hast du recht. Wir sollten das Beste daraus machen. Ich denke an riskante Kreditvergaben und Investitionen."

„Am liebsten wohl die Lottozahlen", fügte Ulla vergnügt hinzu. Sie fühlte sich erlöst. Holger nahm ihre Visionen ernst. Typisch, als erstes kam ihm die Bank in den Sinn. Hieß das, er strebte immer noch fort?

Holger grübelte, dann schlug er vor: „Wir sollten gleich morgen, am Sonntag, zusammen dorthin fahren. Dann versuch ich es auch mal. Wir könnten auch das Schwefelwasser in Kanistern mit nach Hause nehmen. Unter Umständen funktioniert es hier sogar noch besser."

17.

Auf der gemeinsamen Fahrt zum Schwefelbach schwankte Ullas Stimmung. Auf der einen Seite freute sie sich, dass Holger ihre Visionen nicht mehr belächelte. Auf der anderen Seite bedrückte sie, dass er das Beste draus machen wollte. Was auch passierte, stets versuchte er, den größten Nutzen daraus zu ziehen. Ulla beneidete ihn um diese Gabe. Während sie sich noch sorgte, suchte er schon die Vorteile. Komischerweise fand er auch meistens welche, bevor sie sich mit der neuen Lage überhaupt abgefunden hatte. Ob das bei den Visionen auch funktionierte, bezweifelte Ulla.

Heute am Sonntag parkten mehrere Familienautos bei dem Schwefelbad. Vor fünf Jahren wurden überwiegend klapprige Seats und die kleinen dreitürigen französischen Kastenwagen gefahren. Die Sonne hatte sie im Laufe der Jahrzehnte gleichfarbig verblichen. Doch in den letzten zwei, drei Jahren dokumentierte sich der steigende Wohlstand durch Neuwagen. Inzwischen arbeiteten auch viele Frauen, um den materiellen Höhenflug zu beschleunigen.

Auf dem Pfad vom Parkplatz zum Bad hielt sich Holger die Nase zu und tat so, als ob er sich vor Gestank gleich übergeben müsste. Lachend erreichten sie das betonierte Ufer. Hier kampierten drei Familien. Die Omas und Opas hockten fein gekleidet im Schatten, die Muttis sonnten sich im Bikini auf der Uferbefestigung und die Väter spielten im Unterhemd und Turnhose mit Kindern in Badezeug. Wieder bewunderte Ulla die artigen Kinder. In Deutschland wäre das Idyll gewiss durch lautes Geschrei, wildes Getobe und meistens auch bitterliches Geheule zerstört. Die Kinder hier weinten eigentlich nie. Ulla erklärte es sich damit, dass sich ständig einer aus der Familie um die Kinder kümmerte. Und das auch gerne und nie genervt, so dass die Kleinen kein Theater aufführten, um Aufmerksamkeit zu erhaschen. Sie schienen von den Erwachsenen ernst genommen zu werden und verhielten sich dementsprechend. Wenn das in der Heimat auch so gewesen wäre, hätten Ulla und Holger eventuell weniger kategorisch eigene Kinder abgelehnt.

Mit eingezogenen Häuptern betraten sie das leere Gewölbe. Ulla zog sich ihr langes Kleid über den Kopf, setzte sich und tauchte die juckenden Waden in die graue Milchsauce. Dabei beschrieb sie, wo sie bei den

Visionen gedöst hatte. Holger befolgte ihre Anweisungen. Er lehnte den Kopf an die Wand, schloss die Augen und wartete auf die große Prophezeiung. Ulla legte sich jetzt in Flussrichtung und hielt nacheinander die Unterarme ins Wasser. Es kühlte wieder angenehm. Die Behandlung vom letzten Freitag bewies die heilende Wirkung. Leise, ohne Holger zu stören, nahm sie den Platz neben ihm ein. Heute hörte sie hinter der vertrauten Kulisse des Plätscherns und des Vogelgezwitschers auch gelegentlich Kinder juchzen. Ulla dachte an ihren Bruder Olaf und seinen bevorstehenden Besuch. Die Ausstellung im Gästezimmer endete also bald. Dafür würde möglicherweise eine in London stattfinden. Einer der wandernden Sonnenflecken erreichte ihr Gesicht, Visionen aber nicht ihr Bewusstsein. Sie wandte sich an Holger: „Mir sind leider keine Lottozahlen erschienen. Hast du etwas gesehen?"

„Ich habe an viele anstehende Entscheidungen gedacht, jedoch keine Erkenntnisse gewonnen. Warum hat es heute nicht geblitzt?" Holger schien enttäuscht.

Ulla zuckte mit den Schultern: „Keine Ahnung. Vielleicht zu viele Menschen oder falsche Tageszeit?"

Holger drückte die Öffnungen der beiden fünf Liter-Kanister unter die Wasseroberfläche. Es dauerte lange, bis keine Luftblasen mehr auftauchten. Er schleppte die triefenden Plastikflaschen zum Wagen. Sie trockneten in der Mittagshitze, bevor er sie in den Kofferraum lud.

Nachmittags goss Holger die Schwefelbrühe in eine ausrangierte Plastikschüssel. Ulla setzte sich neben ihn ins Gras. Sie hielten die Köpfe über die Flüssigkeit und warteten auf Erleuchtungen.

Nach fünfzehn Minuten brachen sie es verschämt glucksend ab. Sie kamen sich lächerlich vor. Doch Holger gab sich noch nicht geschlagen. Er suchte und fand in der Garage einen verkalkten Heißwassertopf. Vorsichtig steckte er den Stecker rein. Er rechnete mindestens mit einem Kurzschluss und befürchtete sogar, dass eine Stichflamme den Versuch vorzeitig beenden würde. Erst passierte nichts. Dann stiegen Bläschen auf. Der Gestank steigerte sich zur Unerträglichkeit. Holger schaltete den Strom ab und goss die kochende Brühe in die Plastikwanne. Hoffnungsvoll verharrte er neben dem Becken. Aber die Zukunft blieb ihm verschlossen. Ulla hatte sich in sichere Entfernung zurückgezogen. „So wird das nichts", tröstete sie ihn, „das Wasser allein reicht nicht. Es wird die Kombination von allem sein: Zeit, Ort, Wasser, Geruch, Strömung, Licht, Wärme und vor allen Dingen der Geist. Solche Visionen lassen sich nicht beliebig herbeiführen." Holger fielen keine weiteren alchemistischen Experimente ein. Beim Abbauen tröstete er sich: „Wir haben es wenigstens versucht."

18.

Am Montagvormittag lungerte Ulla in ihrem Atelier herum. Zu viele Gedanken schwirrten ihr durch den Kopf, um konzentriert weiter zu sortieren. Sir Edward ermöglichte eventuell eine Ausstellung in London. Was für ein Traum! Schade, dass Holger ihm misstraute. Oder missgönnte er ihr die Chance? Unter Umständen stand Olafs Besuch ins Haus. Allein seine Anfrage hatte Holger endlich von ihren Visionen überzeugt. Typisch, dass er gleich mit Experimenten versuchte, das Wunder zu nutzen. Immerhin hatte ihr das zusätzliche Schwefelbad genützt. An den Waden sah man die Pusteln kaum noch. Die Stellen an den Armen waren deutlich geschrumpft, juckten aber nach wie vor. Holger hatte wieder nicht über seine Versetzungsambitionen gesprochen. Ob er sie ad acta gelegt hatte? Warum sagte er nichts? Ach, wenn die Zukunft doch nur nicht so im Dunklen läge. Da riss sie das Läuten des Telefons aus dem Gedankenstrom.

Mit unsicherer Stimme fragte Olaf: „Darf ich morgen schon kommen und eine ganze Woche bleiben? Es ist der einzige Flug, den ich buchen kann." „Was ist denn eigentlich los?"
„Bin zu Mutti und Vati gezogen."
Nach dem Telefonat flitzte Ulla sofort zu Maria und wies sie an, das Gästezimmer wiederherzurichten. Gemeinsam trugen sie die unhandlichen Fotos und Stellagen ins Atelier und schoben die Betten wieder in die Mitte. Obwohl nicht wirklich geboten, bestand Maria darauf, das Gästebadezimmer noch mal frisch zu reinigen. Erfüllte sie damit ein Ritual? Oder packte Maria ihr Reinlichkeitsstolz? Der Stolz spielte hier oft die Hauptrolle. Die hiesige Toilettensauberkeit übertraf bei weitem, was Ulla aus Deutschland gewohnt war oder sie sonst im Ausland erlebt hatte.

Am Dienstagmittag fuhr Ulla zum Malaga Flughafen, um ihren Bruder abzuholen. Auf der Fahrt durch die verdörrte Hügellandschaft erinnerte sie sich verbittert an ihre Jugend. Wie sie sich um Olaf kümmern musste, weil er selbst zu blöd und ihre Mutter zu faul war. Ihre Mutter arbeitete als Halbtagssekretärin. Die Tratscherei und Gehässigkeiten am Vormittag im Büro erschöpfte sie vollkommen. Nachmittags konnte sie nur noch jammernd und nörgelnd Ulla schicken. Ulla kochte, wusch, bügelte und reinigte die Vierzimmerwohnung. Bis zum Abitur fiel ihr das noch leicht. Aber ab der Lehrzeit und in den ersten Jahren danach, hasste sie es jeden Abend mehr. Von ihrer Freizeit blieb nicht viel für die Fotoarbeiten, ihre unverstandene Leidenschaft. Wegen ihres unbeholfenen Bruders ertrug sie ihr Los. War damals ihr Potential an Mutterinstinkt verzehrt worden? Sobald Olaf seine Lehre abgeschlossen hatte, wurde er zur Bundeswehr eingezogen. Die meisten Jungs in Ullas Schulklasse hatten es verstanden, das zu umgehen. Schon Wochen vorher hatte Ulla mit der Wohnungssuche begonnen. Wie hatte sie die neue Freiheit in ihrer eigenen Wohnung genossen. Und jetzt musste sie sich wieder um den Dummlack kümmern, seufzte sie in der Wartehalle. In Deutschland war Olaf einen Kopf größer als der Durchschnitt. Hier überragte er die Einheimischen um zwei bis drei Häupter. Drum fanden sie sich auf den ersten Blick. Er sah verbiestert und schwanger aus. Sie umarmten sich ungelenk.

Auf der Autobahnfahrt vom Flughafen nach Sotogrande plapperte Olaf eineinhalb Stunden über alles was ihm gerade einfiel. Wie gut er mit seinem Meister zurechtkomme, wie viel Spaß er mit seinen Kollegen habe, wie miserabel der HSV diese Saison Fußball spiele, wie frech die fünfzehnjährige Tochter, die wie achtzehn aussehe, abweichende Meinungen äußere, wie lahm Mutti geworden sei, wie rasant Papi altere. Nur Gitta, seine Frau, erwähnte er mit keinem Wort.

Nachdem Ulla ihm die Villa gezeigt hatte, wunderte sie sich, wie schweigsam er sein konnte. Abends im Bett meinte Holger dazu: „Das hat Olaf wahrscheinlich völlig umgehauen, wie wir hier leben. Solch ein Haus hat der noch nie betreten. Ein Glück dass seine neidische Tussi nicht dabei ist. Für die Klassenkämpferin hätten wir den Helikopter Rettungsdienst rufen müssen."
„Die hätte dir garantiert wieder schwersten Bankraub unterstellt und das System für diese schreiende Ungerechtigkeit verantwortlich gemacht", gluckste Ulla.
„Komisch, dass Gitta nicht versteht, dass es mit diesem System vor allem an ihr liegt, wie sie lebt. Das sollte den Kindern schon in der Grundschule beigebracht werden", sinnierte Holger.

Trotz Bedenken kutschierte Ulla ihren Bruder am nächsten Tag durch das Reichengetto. Vorbei an den prächtigen Villen mit den riesigen Gärten, zu den Golfplätzen, deren Clubhäuser wie moderne Schlösser aussahen, zu den Poloplätzen und zum Abschluss in den Yachthafen, wo dicht an dicht die Barken der Freizeitkapitäne dümpelten. Wie auf einer Bootsausstellung reichte die Bandbreite von bescheidenen Segelbooten über schnittige Rennboote bis zu den haushohen Luxus-Cruisern, für deren Tankfüllung Olafs Jahreslohn draufginge.

Um ihren Bruder zu besänftigen, zeigte Ulla ihm Holgers Jolle. Am Heck des Mahagoniholzbootes stand mit erhabenen Messingbuchstaben der merkwürdige Name 'OSIMOS'. Holger lachte zwar über den Aberglauben, Umtaufen bringe Unglück, riskierte aber wie die Vorbesitzer nicht, ihn zu ändern.

Am besten gefiel Olaf die Terrasse der Hafenbar. Dort saßen sie windgeschützt im Schatten und genossen die Aussicht auf die Schiffe und den Gibraltarfelsen im Hintergrund. Heute konnten sie sogar die Gebirgskette von Afrika im fernen Dunst erkennen. Hier geriet jeder ins Träumen. Olaf trank Bier, Ulla Kakao.

Nachmittags blieben sie nur kurz am Strand. Olaf vermisste den Getränkeservice. „Auf Mallorca", schwärmte er, „verkaufen sie einem eiskaltes Bier am Strand." Endlich hatte er einen Schwachpunkt in Ullas Paradies gefunden.

Am Freitagnachmittag begleitete Olaf seine Schwester zum Schwefelbad. Er überwand sich nicht, gebückt in den stinkenden Römertunnel vorzudringen. „Ich wandere inzwischen zur Quelle", verkündete er, „mal sehen, wo der Gestank herkommt."

Nach dem Fehlschlag mit Holger am letzten Wochenende rechnete Ulla heute nicht mit einer Vision. Dafür müsste sie wahrscheinlich alleine sein. Sie setzte sich ans Ufer und tauchte die Unterarme in das Heilwasser. Nach einigen Minuten trafen Sonnenstrahlen ihre Augen und projizierten ein gestochen scharfes Bild. Geblendet blinzelte Ulla, benommen rutsche sie aus dem Sonnenflecken in den Schatten.

Wie nach einem bösen Traum besann sie sich. Das Flüsschen strömte unbeirrt glucksend an ihr vorbei. Die Außenwelt zirpte und zwitscherte, als ob nichts geschähen wäre. Diesmal blieb das Schreckensbild haften. Die früheren Visionen waren schnell verblasst. Doch dieses Mädchengesicht schien in die Netzhaut eingebrannt zu sein. Die schwarzumrandeten Augen starrten weit aufgerissen. Die Augäpfel quollen vor. Die dunklen Pupillen verschwammen im Überfluss des Augenweißes. Der erdbeerrote Mund stand halboffen. Am meisten entsetzte Ulla jedoch die dunkle Zunge. Die Spitze ragte über die Lippen. So sichtbar, wirkt sie schamlos. Ullas Herz raste. Sie fröstelte im Steingewölbe. Wer war das Mädchen?

Plötzlich verdunkelte sich der Eingang. Draußen beugte sich ein Riese nieder und schaute in den Tunnel. Erschrocken wurde sich Ulla bewusst, dass sie hier alleine nur im Bikini kauerte. Dann erkannte sie Olafs verschwitztes Gesicht.
„Mensch, ist das eine Hitze! Bist du bald fertig? Ich könnte ein Bier vertragen.“

Er berichtete von drei verlassenen Gebäuden, die er flussaufwärts entdeckt hatte. Im größten befand sich zirka ein Dutzend winzige Zimmer. Das mittelgroße, halbverfallene hielt er für einen Stall. Das kleinere Haus sah wie eine verrammelte Kapelle aus. Die Glocke über dem Eingang fehlte. „Ob jemand den Nerv hat, eine Kirchenglocke zu klauen?“ sann er ungläubig.

Gemächlich marschierten sie im Gänsemarsch zum Cabrio zurück. Ulla taumelte mechanisch hinter ihm her. Die Schreckensvision betäubte immer noch ihr Bewusstsein. Ihre Sinne nahmen die Umwelt kaum wahr. Olaf bemerkte davon nichts. In ihrer Not fragte sie: „Willst du zurückfahren?“ Olaf nickte sprachlos mit strahlenden Augen. Er hatte nicht gewagt, drum zu bitten. Ulla, die große Schwester, bestimmte schon immer alles. Und so wie sie jetzt lebte, erst recht.

Auf der Rückfahrt drängte sich ihr immer wieder das Gesicht des schreckerstarrten Mädchens in den Vordergrund. Wer war das? Ulla kannte hier kein einziges Kind. Das lag an der untypischen Bevölkerungsstruktur in Sotogrande. Die Hälfte der Villen diente ausschließlich als Ferienhaus. Das Phänomen, dass die Eigentümer der prächtigsten Anwesen meistens abwesend waren, war Ulla auch schon an anderen schönen Orten aufgefallen. In der Hälfte der ständig bewohnten Häuser lebten Ruheständler, deren Kinder schon lange erwachsen waren. In dem verbleibenden Rest wohnten Menschen, die arbeiteten, viele auf Gibraltar. Manche von denen hatten auch schulpflichtige Kinder. Die Bewohner stammten aus allen Teilen Europas, einige auch aus Amerika und erstaunlich viele aus Asien. In den letzten Jahren kamen immer mehr aus Russland. Die Kinder besuchten ganztags die Internationale Schule, auf der in Englisch unterrichtet wurde. Aber in Ullas Bekanntenkreis gab es keine Kinder. Wer war also das Mädchen, dessen entsetztes Gesicht ihr nicht aus dem Kopf ging? Ob es Silvia, Olafs Tochter, war? Ulla brauchte die Finger beider Hände, um die Jahre zu zählen, wann sie sie zuletzt gesehen hatte. Die war damals vier oder fünf Jahre alt.

„Hast du ein Foto von Silvia dabei?" erkundigte sich Ulla, als sie wieder auf ihrer Terrasse saßen. Olaf erfrischte sich gerade mit kaltem Bier. Er setzte den Humpen ab, wischte sich den Schaum von den Lippen: „Klar, in meiner Brieftasche."

Mit unverkennbarem Vaterstolz überreichte er Ulla ein Farbfoto, fast so groß wie eine Postkarte. Es entpuppte sich als das übliche Konfirmationsfoto. Der strenggraue Rock und die festliche, weiße Bluse passten nicht zu dem jugendlichen Gesicht. Das wirkte bestimmt nur deshalb so ernst. Viel erkennen konnte man ohnehin nicht. Es handelte sich um die von Amateuren bevorzugte frontale Distanzaufnahme mit Boden unter den Schuhen und Himmel über dem Kopf.

„Ach wie süß!" entzückte sich Ulla brav, „Mensch, ist Silvia groß geworden."

„Vor drei Jahren war sie ja noch artig. Jetzt ist sie bald ausgewachsen und wird aufsässig."

Endlich allein, berichtete Ulla im Bett Holger von ihrer Vision: „Es könnte Silvia gewesen sein."

„Wie deutest du denn die Erscheinung?" fragte Holger ernsthaft nach.

„Die Augen und der Mund standen unnatürlich weit offen. Sieht so Todesangst aus?"

Holger überlegte lange: „Todesangst kenne ich nur aus Filmen. Da beruhigt mich stets die Gewissheit, dass die Toten wiederauferstehen, wenn die Kamera abgeschaltet ist. Wie das wirklich aussieht, weiß ich nicht."

Ulla nickte bestätigend: „Es kann nur Silvia sein. Ich kenne sonst kein Mädchen in diesem Alter."

„Vielleicht kennst du es gar nicht." warf Holger ein.

„Müssen wir Olaf warnen?"

„Jetzt, mitten in der Nacht", stöhne Holger unwillig auf.

Typisch Holger, dachte Ulla. Er drehte sich auf die Seite, zog sich die Bettdecke bis zum Kinn und schlief seelenruhig ein. Die Seherin wusste jetzt schon, dass sie sich noch stundenlang wälzen würde.

19.

Als Holger am nächsten Morgen aufwachte, spürte er, dass Ulla sich schon rekelte. Als ob sie seit Stunden auf die Rückkehr seines Bewusstseins gewartet hatte. Das passierte selten. Normalerweise schlich sich Holger ins Bad und ließ Ulla schlafen. Heute begrüßte sie ihn munter. Holger ahnte warum.

„Müsste ich Olaf nicht doch warnen? Das mit Sir Edwards Unfall belastet mich immer noch. Was wäre erst, wenn Silvia etwas passiert?" sprudelten die aufgestauten Bedenken aus ihr heraus.

„Damit würdest du Olaf nur den Aufenthalt hier vermiesen. Silvia würde das nicht schützen." Holger merkte, dass er weiter ausholen musste: „Bisher hielt ich Vorhersage der Zukunft für unmöglich. Wahrsagen und Horoskope fand ich lächerlich. Welche Zukunft sollte das denn sein? Die relative Zukunft, die wahrscheinlich eintreten könnte, wenn keine Gegenmaßnahmen ergriffen würden? Oder die absolute, tatsächlich eintretende, die zur realen Geschichte wird? Und wozu das Alles? Das Wissen über die relative Zukunft wäre belastend, weil es die freie Wahl der Möglichkeiten einschränkt. Damit finge die Unfreiheit an. Das Wissen über die absolute Zukunft wäre trostlos, weil persönliche Einflussnahme wirkungslos wäre. Das wäre die Vollendung der Unfreiheit. Deine ersten drei Visionen haben die absolute Zukunft prophezeit. Das Feuer, der Unfall und Olafs Besuch sind eingetreten. Du hättest sie nicht verhindern können. Das ist ja das Trostlose dieses Wissens. Es ist wie ein Fluch, gegen den du machtlos bist. Es beraubt einem jeglicher eigener, aktiver Gestaltung. Ein Leben ohne Illusionen."

„Den Unfall und Olafs Besuch hätte ich eventuell doch verhindern können", fiel Ulla ihm aufgeregt ins Wort.

„Wer weiß? Wenn du Sir Edward gewarnt hättest, wäre er möglicherweise nicht mehr mit dem Oldtimer nach Marbella gefahren. Aber mal eben geschwind zur Post? Und wenn du vorher mit deinem Bruder telefoniert hättest, wäre er dennoch gekommen. Dann hättest du es ihm sogar angeboten."

„Stell dir mal vor, Silvia passiert etwas. Was würden wir uns für Vorwürfe machen, ob das nun relative oder absolute Zukunft ist!", ereiferte sich Ulla.

Holger merkte, dass weitere Diskussionen wenig bringen würden: „Also gut, damit man uns nichts vorwerfen kann, sollten wir Silvia warnen. Nur, was sollen wir ihr sagen?"

„Dass sie in großer Gefahr schwebt", schlug Ulla erleichtert vor.

„Einverstanden. Lass mich anrufen. Falls sich Gitta meldet, giftet ihr euch doch nur gleich wieder an."

„Nur, wenn sie anfängt", protestierte Ulla.

Holger lachte: „Damit ist allerdings fest zu rechnen. Olaf warnen wir erst, bevor er abfliegt. Vorher kann er auch nicht mehr machen als wir jetzt."

Ulla kuschelte sich dankbar an Holgers Seite.

Nach dem Frühstück, Olaf planschte im Pool, rief Holger in Hamburg an. Er hatte Glück. Es meldete sich Silvia. Ihre Mutter kassierte. Holger stammelte einige einleitende Freundlichkeiten. Erst jetzt wurde ihm bewusst, dass er keinerlei Erfahrungen hatte, sich mit einer Fünfzehnjährigen zu unterhalten. Das hatte sich noch nie in seiner Erwachsenwelt ergeben. Behandle sie wie die Auszubildenden in der Bank, empfahl er sich. Die waren zwar mindestens achtzehn, aber mit fünfzehn würde man das vermutlich sogar schätzen, unterstellte Holger. Schließlich kam er zum Punkt: „Letzte Nacht hatte ich einen furchtbaren Albtraum. Du kennst das. Man erinnert sich danach nur an Bruchstücke. Trotzdem, das Schlimmste weiß ich noch genau. Dir drohte etwas Schreckliches. Frag mich nicht nach Einzelheiten. Die bekomme ich nicht wieder zusammen. Sieh dich deshalb bitte besonders vor. Pass auf und begib dich nicht in Gefahr!"

„Mach ich, Onkel Holger", versprach Silvia, „wann kommt Papi zurück?"

„Dienstagabend."

„Sag ihm bitte, dass wir ihn ganz doll vermissen."

Ulla seufzte erleichtert, als Holger den Hörer auflegte: „Mehr können wir, glaube ich, nicht machen. Vielleicht betrifft es ja auch gar nicht Silvia."

20.

Seit einer Woche tänzelte Sir Edward pfeifend durchs Leben. Die Folgen seines Unfalls spürte er lediglich, wenn er den Kopf weit nach links oder rechts drehte. Das vermied er möglichst. Ihn interessierte vor allen Dingen Ulla Allu. Er telefonierte viel. Oft vergeblich. Erstens waren Mitte August viele verreist und zweitens waren in den zehn Jahren, seit er sich zurückgezogen hatte, einige gestorben. Jedes Jahr kamen die Einschläge näher. Die Verluste waren mitunter sogar schon jünger als er. Umso mehr freute er sich, wenn er alte Bekannte erreichte. Nach und nach füllte er seinen Terminplan mit Verabredungen für die kommende Woche in London. Nur Till de Winter, den wichtigsten von allen, bekam er nicht zu fassen. Der Europa-Repräsentant von GP (General Publish Corporation) befand sich schon seit fünfzehn Jahren auf Geschäftsreise. Sein Büro in London schien er, nach wie vor zu meiden. Schließlich gab sich Sir Edward mit einem Termin bei seinem Assistenten Dave Watson am Freitagnachmittag zufrieden. Jetzt erst buchte er den Flug.

Zwei Tage vor dem Abflug von Gibraltar nach London durchstöberte er seine Kleiderkammern. Die alten Anzüge passten noch. Sie waren so alt, dass sie inzwischen schon mehrfach wieder in Mode gewesen waren. Das interessierte Sir Edward jedoch ebenso wenig wie die meisten Anzugträger. Er entschied sich, als Kompromiss statt der obligatorischen Krawatten Halstücher zu tragen. Das Projekt wirkte so belebend, dass er hoffte, am Montag die Halsstütze endgültig abnehmen zu können. Der Arzt empfahl ihm, sie vorsichtshalber mitzunehmen. Am Dienstag ließ er sich mit prickelnder Reiselust zum Gibraltar Flughafen fahren.

21.

Zufällig brachte Ulla ihren Bruder Olaf zur gleichen Zeit zum Malaga Flughafen. Sie war viel zu früh losgefahren. Es könnte ja einen Stau geben. Den gab es normalerweise in diese Richtung nur am 31. August, wenn ganz Spanien im Urlaubsrückreisestau stand.

Olaf saß still und bedrückt neben ihr. Ulla parkte im Parkhaus direkt am Flughafengebäude. Sie begleitet ihn zum Schalter, um den Koffer aufzugeben. Da er noch über eine Stunde Zeit hatte, setzten sie sich in die

Cafeteria der Abflughalle. Mehrsprachige Lautsprecherdurchsagen übertönten das Krakeelen der Gäste und das Gequassel des Fernsehers. Eine stille Bar, wie hier die Cafes genannt wurden, hatte Ulla noch nie gefunden. Falls die Menschen nicht genügend lärmten, wurde der Fernseher lauter gestellt.

Ulla wollte jetzt endlich wissen, warum Olaf davongelaufen war. Seit einer Woche wartete sie auf eine Erklärung. Hatte ihn aber nie gedrängt. Sie wollte ihm die Zeit bei ihr nicht vergällen. Jetzt näherte sich die letzte Gelegenheit: „Was ist denn eigentlich passiert?"
Er schluckte bitter, bevor er widerwillig Auskunft gab: „Gitta hat einen anderen."
„Schon lange?"
Schweigend brütete er vor sich hin.
„Kennst du ihn?"
„Mensch, ich weiß gar nichts", trotzte er.
Ulla kannte seine verstockte Art. Mehr würde sie nicht rausbekommen. Sie entschied sich, zum Guten zu reden. Dazu hatte ihr Holger auch geraten. Gitta, die faule Schlampe, lag ihnen zwar gar nicht. Aber Olaf hatte sie nun mal geheiratet und sogar ein Kind mit ihr. „Sprich erst, wenn er damit anfängt, oder kurz vorm Abflug", hatte Holger empfohlen.
Ulla brach das Schweigen: „Wo gehst du jetzt hin?"
Olaf brauchte lange bis er grummelte: „Was meinst du?"
„Warum nicht nach Hause?" fragte Ulla auffordernd nickend.
„Und dann?"
„Dann sprichst du mit Gitta. Nehmt euch Zeit. Ihr seid schon so lange zusammen. Da solltet ihr auch zusammenbleiben."
„Was soll man da schon sagen?"
„Zum Beispiel, wie ihr zukünftig zusammenleben wollt. Was du ändern willst. Was Gitta anders machen sollte. Wie es mit Silvia weitergehen soll."
„Und die anderen Kerle?"
„Wichtiger ist, dass Gitta verspricht, nie wieder einen anderen auch nur anzusehen."
Olaf stierte stumm vor sich hin. Sein Kopf schwankte langsamer werdend von links nach rechts, verharrte einen Atemzug bewegungslos, dann hob und senkte er sich so wenig und bedächtig, dass allein Ulla es zu deuten wusste. Ihr blieb nur noch, ihm von Holgers Telefonat mit Silvia zu erzählen. Olaf hörte ihr aufmerksam zu. Ganz kurz schien er besorgt.

Doch dann beruhigte er sich selbst: „Man träumt manchmal den größten Mist. Da kann man nichts machen."

Ulla erwähnte noch, wie sehr Silvia ihn vermisse.

22.

An dem Dienstag, an dem Sir Edward und Olaf Richtung Norden flogen, strahlte am Südzipfel Spaniens die Sonne wie jeden Tag im Juli und August. Darüber verlor hier keiner ein Wort. In Hamburg dagegen quälte eine drückende Schwüle die Menschen. Am Wochenende hatte es noch geregnet und war empfindlich kalt geworden. Am Montag kam die Wende. Die Sonne brannte. Die Werktätigen wetterten über das falsche Timing. Während der Arbeit hatte Gitta durch die Klimaanlage des Supermarktes nichts auszustehen. Auf dem Heimweg schwitzte sie ihr dünnes, ärmelloses Sommertop tropfnass. Sie beglückwünschte sich zu ihrem klimatisierten Arbeitsplatz. In der Wohnung schlug ihr abgestandene Luft entgegen. Sie kühlte geradezu. Lüften hätte nur die Hitze rein gelassen. In Gittas Kopf ging es nicht weniger heiß her.

In der letzten Woche hatte sie sich nicht getraut, Lutz zu empfangen. Olafs Entdeckung und Verschwinden lagen ihr zu schwer auf dem Magen. Im Laufe der Woche hatte sie rausbekommen, dass Olaf sich zunächst bei seinen Eltern verkrochen hatte und dann zu seiner neureichen Schwester irgendwo in Spanien geflogen war. Mit jedem Tag, den er sich nicht meldete, wurde sie verärgerter aber auch unsicherer. Am Samstag hatte dann der Bankschnösel auch noch mit Silvia telefoniert. Das arme Kind litt genauso unter Olafs Sprachlosigkeit. Was sollte sie ihr denn sagen, peinigte sich Gitta in einem fort. Lutz wusste, dass es Ärger gegeben hatte. „Eventuell nächste Woche wieder", hatte sie ihm vage angekündigt.

Sie pellte sich aus der verschwitzten Wäsche und stellte sich unter die Dusche. Was für eine Wohltat! Beim Abtrocknen hörte sie, wie Silvia in die Wohnung kam. Sie wollte auch gleich duschen. Während dessen übergoss Gitta in der Küche einen Fertigsalat mit Kräuter-Yoghurtsauce aus Plastikbechern. Über die Hitze stöhnend aßen sie. Beim Abräumen mutmaßte Silvia: „Ob Papa heute Abend kommt?"

„Was weiß ich", fauchte Gitta. Es tat ihr sofort leid. Sie fand aber keine versöhnenden Worte.

Silvia schulterte ihr Sportrucksäckchen und verdrückte sich bedrückt. Gitta schlich ins Schlafzimmer und schaute aus dem Fenster. Sie wartete bis sie Silvia Richtung Sporthalle radeln sah. Dann umfasste sie die Übergardine mit beiden Händen. Bebend rang sie mit sich. Sie spürte eine Wutwoge auf Olaf. Sie holte tief Luft, hielt sie an und schob die Gardine in die bedeutungsvolle Stellung. Auf dem vollbesetzten Parkplatz konnte sie seinen Wagen nicht von den vielen ähnlichen unterscheiden. Vor zwei Wochen kam er auch später, erinnerte sie sich. Um die Warterei zu überbrücken begann sie träge aufzuräumen. Wenigstens die Kleidung, die im Schlafzimmer herumlag, wollte sie zusammensortieren. Die Schmutzwäsche stopfte sie in den gut gefüllten Wäschepuff. Auf dem Weg zurück ins Schlafzimmer klingelte es. Was jetzt schon, dachte sie in ihrer Aufregung. Doch dann bemerkte sie den Irrtum. Das Telefon schellte. Ihr Chef der Supermarktleiter meldete sich. Ihre schwangere Kollegin hatte wegen der Hitze schlappgemacht.

„Das passt mir heute gar nicht", widersetzte sich Gitta.

„Es muss aber. Sollen wir den Laden schließen?" drängte er ungehalten, besann sich und fügte listig hinzu: „hier ist es garantiert erträglicher als bei Ihnen in der Wohnung. Nun kommen Sie schon, wir brauchen Sie jetzt."

Protestierend willigte Gitta ein. Beim Rausgehen erinnerte sie sich an die Gardine. Hastig riss sie das Zeichen zur Seite. In der Küche schrieb sie auf den Notizblock 'muss zur Arbeit, bis heute Abend, Mama'.

Draußen vereinigte sich die feuchte Schwüle mit ihrem Schweiß als klebrige Schicht auf ihrer Haut.

23.

Am gleichen Nachmittag rief Holgers Kollege aus New York an: „Hat leider etwas länger gedauert, Herr Ahlsen. Die Transaktion ist ja auch schon eine Weile her. Obendrein ist die Firma inzwischen gelöscht. Aber was tun wir nicht alles für die geschätzten Kollegen auf Gibraltar."

Was für ein wichtig tuender Quatschkopf, dachte Holger ungeduldig.

„Die Firma, die den Zahlungsauftrag erteilte, gehörte zu einer ebenso nur auf dem Papier existierenden Kapitalgesellschaft mit bedeutungslosem Namen. Sämtliche Anteile dieses Unternehmens hält GP. Wissen Sie, wer GP ist?"

„Noch nicht."

„Die General Publish Corporation ist ein amerikanischer Medien-Konzern. Der hat in den letzten fünfundzwanzig Jahren auf allen Kontinenten Firmen der Branche aufgekauft. So wie General Motors oder General Electric in ihren Bereichen. Wobei GP selbst im Hintergrund bleibt und die übernommenen Firmen mit den ursprünglichen Namen fortführt."

„Wer sind die Hauptaktionäre von GP?"

„Schwer zu sagen. Die Anteile sind an keiner Börse notiert. Man vermutet, dass KKR die Mehrheit hält. Wissen Sie wer KKR ist?"

„Firmenhändler, im ganz großen Stil. Dahinter stecken Institutionelle."

Holger merkte, dass sein Kollege gerne weiter mit seinen Kenntnissen brilliert hätte. Holger rekapitulierte: „Dann hat seiner Zeit GP eine Millionen Pfund an Sir Edward auf sein Konto bei uns transferieren lassen. Genau das wollte ich wissen."

„Freut mich, dass ich helfen konnte."

„Was sagt man denn so über GP?" hakte Holger beiläufig nach.

„Ach, die meisten kennen GP gar nicht. GP tritt öffentlich kaum in Erscheinung. Dann gibt es die Spinner, die behaupten, die Multis verdürben mit der Globalisierung die Welt. Tatsache ist, dass GP bei fast jedem Buch, Bild, Foto, das für den Weltmarkt bestimmt ist, die Finger im Spiel hat und die Hand aufhält."

„Also ein äußerst ehrenwertes Unternehmen", kommentierte Holger und bedankte sich.

24.

Es trennten sie nur zwei Minuten, sonst hätte Silvia ihre Mutter noch angetroffen. Ihr Handballtraining war wegen der Hitze ins Schwimmbad verlegt worden. Begeistert spurteten die Mädchen nach Hause, um das Badezeug zu holen. Zappelig schloss Silvia die Wohnungstür auf und rannte in ihr Zimmer, um sich umzuziehen. „Bin schon wieder da. Wir gehen schwimmen", rief sie so laut, dass ihre Mutter sie in jedem Zimmer der Wohnung hätte hören können. Sie wartete auf keinen mütterlichen Kommentar. Dafür frohlockte Silvia viel zu aufgeregt. Endlich konnte sie ihren neuen Bikini vorführen. Die spärlichen Stoffflecken hatte sie sich auf Mallorca erkämpft. Ihre prüden Eltern hatten ihr zu einem wärmeren Model geraten. Die Blicke der Jungs bewiesen ihr aber, die richtige Wahl getroffen zu haben. Sie freute sich schon auf den Neid der Freundinnen. Noch mehr erregte sie die Möglichkeit, dass ihre geheime Liebe, der

Sportlehrer, mit der Jungenmannschaft auch ins Freibad gegangen sein könnte. Vielleicht würde ihr Schwarm sie so endlich bemerken.

Silvia hörte das Klingeln der Wohnungstür. Ihre Mutter würde sich schon kümmern, dachte sie und stopfte das extragroße Froteebadetuch in den Rucksack. Erst als sie die Wohnung verlassen wollte, fiel ihr auf, dass ihre Mutter weder gemahnt noch gemeckert hatte. Wo war die denn? Etwa auch im Schwimmbad? Das hätte mir noch gefehlt, dachte sie und eilte zur Tür.

25.

Abends auf dem Heimweg stachen Gittas Muskeln an den Schultern. Sie war es nicht mehr gewohnt, den ganzen Tag an der Kasse zu sitzen. Seit ihrer Schwangerschaft vor fünfzehn Jahren arbeitete sie nur noch vormittags. Heute freute sie sich wie schon lange nicht mehr auf das Sofa.

Ein warmer Wind hatte die schwüle Hitze erträglicher gemacht. Die Wohnung muffelte ungelüftet. „Reiß mal sofort alle Fenster auf", meckerte sie zur Begrüßung. Da sich nichts rührte, stürmte sie in Silvias Zimmer. Die Tochter war ausgeflogen. Wo trieb die sich denn wieder rum?

Die Mutter öffnete in allen Zimmern die Fenster und ließ die Türen offen. Der warme Wind strich durch die Wohnung. Erschöpft legte sie sich auf die Couch. Sie vermutete, dass Silvia nach dem Handballtraining mit ihren Freundinnen baden gegangen war. Trotzdem, müsste sie jetzt nicht längst zurück sein? Oder wollte sie etwa Olaf vom Flughafen abholen? Dass er heute um 19:30 Uhr landen sollte, wusste Silvia. Möglicherweise wollte sie ihn überreden, heimzukommen. Gitta wurde zunehmend unruhig. Sie setzte sich eine letzte Frist bis 21 Uhr. Dann wollte sie bei Babara, Silvias bester Freundin, anrufen.

Um halb neun hörte sie Schritte vor der Wohnungstür, dann ein metallenes Klimpern, wie von einem Schlüsselbund. Ein Eisenklicken und das charakteristische Holzknacken bestätigten ihre Vermutung, die Tür wurde geöffnet. Gitta wuchtete sich aus dem Sofa hoch und suchte mit den Füßen die Pantoffeln. Schwerfällig erhob sie sich.

Olaf füllte die Türzarge des Wohnzimmers aus. „Da bin ich wieder", grüßte er verlegen.

„Hast du Silvia mitgebracht?" blaffte Gitta unnötigerweise, denn er war allein.

„Ich dachte, du freust dich, dass ich wieder da bin", stammelte Olaf verständnislos.

„Tue ich auch. Nur Silvia ist noch nicht zurück. Ich hoffte, sie hätte dich abgeholt", rechtfertigte sich Gitta.

„Seit wann ist sie denn weg?"

Gitta berichtete ihm, was sie wusste. Dabei spürte sie ein Grauen in sich aufsteigen. Es kroch in ihr hoch, verkrampfte den Magen und strangulierte den Hals. Nicht draufachten, ermahnte Gitta sich und flüchtete sich in Anweisungen: „Du guckst im Fahrradkeller, ob ihr Rad weg ist! Ich rufe bei den Freundinnen an."

„Versuch auch die Nummer der Sportlehrerin rauszubekommen", riet Olaf und eilte mit großen Schritten Richtung Keller.

In dem Gewühl sahen die Räder alle gleich aus. Doch Silvias Fahrrad besaß durch seine eigenen Hände eine Einmaligkeit. Der fipsige Klappständer war abgebrochen. Olaf hatte in der Fordwerkstatt eine stabilere Lösung geschweißt. Er stierte jetzt auf jeden Ständer. Es gab ausschließlich die schwächlichen Standardversionen. Silvias Fahrrad fehlte.

Geschwind kehrte er in die Wohnung zurück. Gitta hatte Silvia sicher schon gefunden, versuchte er sich zu beruhigen. Es half nichts. Er musste an Holgers Albtraum denken.

Als er Gittas geweitete Augen und gepresste Lippen sah, wusste er schon, dass sie keine guten Nachrichten hatte. Weder Babara noch die Trainerin haben Silvia heute Nachmittag im Schwimmbad gesehen. „Ich glaube wir müssen die Polizei rufen", schlussfolgerte sie verzagt.

Olaf erkundigte sich ohne große Hoffnung vorher noch bei seinen und Gittas Eltern. Die Polizei versprach, gleich vorbei zu kommen. Sie sollten schon mal ein aktuelles Foto und eine Beschreibung der Kleidung bereithalten.

Olaf durchsuchte die Fotos. Hauptsächlich Mallorca Strandbilder. Gitta inspizierte Silvias Kleiderschrank. Nie hätte sie gedacht, wie schwierig es ist, festzustellen, was fehlt. Dass der gewagte Bikini und das flauschige Badetuch nicht zu finden waren, überraschte nicht. Silvia wollte ja schwimmen gehen. Nur, was hatte sie darüber angezogen? Erst als Gitta sich vorstellte, wie Silvia sich wahrscheinlich ausstaffiert hatte, und danach suchte, kam sie der Lösung näher. Das gelbe Spaghettiträgertop, die lila Wickelbluse und die pinkfarbenen Shorts fehlten. Sie stülpte den Wäschepuff auf den Kopf. Die ungewaschene Kleidung fiel auf den Boden. Beim Zurücklegen verbreitete sich saurer Mief. Die lila Wickelbluse roch noch am wenigsten. Schnaufend kehrte Gitta zu Olaf zurück und verkündete: „Gelbes Top mit Spaghettiträgern und Shorts in pink. Zeig denen aber nicht die oben-ohne Fotos!"

26.

Am nächsten Tag klingelte viertel vor zwei Uhr bei Ulla das Telefon. Um diese Zeit erreichte man hier jemanden zuhause, ohne beim Mittagessen zu stören. Man aß hier zwischen 14 und 15 Uhr. Dann folgte die Siesta, die Mittagsruhe, bis 16 Uhr. Die Geschäfte öffneten meistens wieder um 17 Uhr. Behörden, Post und Banken erst wieder morgens.

Ulla erwartete Olafs Anruf. Eigentlich hätte er sich schon gestern Abend heil zurückmelden müssen. Aber vielleicht hatte er sich schon mit Gitta versöhnt und nicht daran gedacht.

„Hallo, hier ist Edward. Ich bin in London."
„Sir Edward, ich wusste gar nicht . . ." rief Ulla.
Er unterbrach sie: „drum melde ich mich auch. Gute Nachricht. Ich habe einen Galeristen gefunden, der ihre Fotos ausstellen möchte."
„Toll. Wann kommen Sie zurück?" Ulla spürte Glücksrieseln auf dem Rücken.
„Freitagnacht. Soll ich am Samstag mal reinschauen?"
„Wieder um 18 Uhr zum Drink?" schlug Ulla aufgeregt vor.

Ulla hüpfte ausgelassen durch die Zimmer. Am liebsten hätte sie sofort Holger in der Bank angerufen. Aber heute brannte es nur in ihr. So verkniff sie sich den Anruf.

Als das Telefon zwei Stunden später wieder läutete, hoffte Ulla, Holgers Stimme zu hören. Manchmal rief er sie nach der Siesta an. Zu gerne hätte sie schon jetzt ihr Glück mit ihm geteilt, um es zu verdoppeln.

Es meldete sich Olaf. Ohne Einleitung begann er: „Silvia ist verschwunden. Wir sind völlig fertig." Er klang matt und hilflos.

Ulla suchte Halt. Mit dem Schnurlosen am Ohr wankte sie zu dem Schmuckstuhl in der Eingangshalle. Jetzt fühlte sie sich etwas sicherer: „Seit wann?"

Mechanisch wiederholte Olaf, was er wusste. Zum wievielten Male, erinnerte er sich nicht.

Ulla stand das entsetzte Mädchengesicht deutlich vor Augen. Es lähmte jede Hoffnung. Um sich zu befreien, fragte sie: „Was sagt die Polizei?"

„Ach die Polizei kannst du vergessen. Heute haben sie ein bisschen nachgeforscht. Die warten immer die ersten eineinhalb Tage. Silvia könnte ja von alleine wieder auftauchen oder", Olaf zögerte und musste schlucken, „oder von anderen gefunden werden. Morgen wollen sie die Badeanstalt durchkämmen. Musst du auch an Holgers Albtraum denken?"

„Halt uns bitte auf dem Laufenden. Hoffentlich wird alles gut." Ulla wünschte, sie hätte zuversichtlicher geklungen. So hatte sie sich das Wissen über die Zukunft nicht vorgestellt. Sie wollte von Ängsten befreit werden und keine dazubekommen.

27.

Wenig später meldete sich endlich Holgers Kollege aus London. Holger saß zum Glück gerade mal alleine in seinem Büro. Nach den einleitenden Höflichkeiten kam der Anrufer zur Sache: „Wie Sie schon vermuteten, Herr Ahlsen, Sir Edward ist schon lange nicht mehr in London aktiv. Es dauerte deshalb, bis ich Leute fand, die sich an ihn erinnerten. Freude hat es ihnen nicht bereitet. Sir Edward besaß eine Künstleragentur. Komischerweise sowohl für Autoren als auch Maler und Fotografen. Hat wohl genommen, was er kriegen konnte. Es wurde angedeutet, dass er sich nicht immer an die Usancen der Branche gehalten habe. Mehrere Künstler fühlen sich heute noch betrogen. Es soll nie gerichtliche Auseinandersetzungen gegeben haben. Aber als er schließlich seinen Laden an GP verkaufte und verschwand, trauerte keiner. Sagt Ihnen GP etwas?"

„Ja", antwortete Holger knapp und folgerte: „Mit diesem Sir Edward sollte man also vorsichtig sein."

Sein Londoner Kollege wand sich: „Also Herr Ahlsen, unser Haus hier hatte noch nie Probleme mit Sir Edward. Wir sind zwar nicht seine Hausbank. Aber sein Depot bei uns ist attraktiv. Mir sind keine finanziellen Probleme bekannt."

Holger grinste. So sicherten sich die Banker immer ab. Weniger lustig fand er, Ulla die Zusammenarbeit mit Sir Edward auszureden. Viel Konkretes hatte er nicht vorzuweisen. Andererseits passten die Informationen zu seinen Beobachtungen.

28.

Am Donnerstagmorgen kurz nach 8 Uhr wiederholte sich bei Olaf und Gitta die gleiche Szene wie schon mehrfach am Tag zuvor. Ausgelöst durch das Telefongebimmel erstarrten die Eltern und blickten sich verängstigt mit banger Hoffnung an.

Ein Polizist in Zivil hatte gleich am Dienstagabend einen grauen Kasten an das Telefon angeschlossen. „Falls sich ein Entführer meldet", hieß es. Das dramatisierte jeden Anruf noch mehr.

Diesmal stürzte Olaf zum Fernsprecher. „Wer ist da?", krächzte er aufgeregt. Dann erkannte er die Stimme des Hausmeisters am Leipziger Nachhall: „Tag auch, Herr Knoll. Hab' schon gehört, was passiert ist. Schrecklich!" er zögerte, „ich will ja nichts sagen. Ist vielleicht auch nicht wichtig. Aber könnte es sein, dass das Fahrrad, das seit Dienstag vor der Tür steht, Silvia gehört? Ich meine nur, es stand jetzt die zweite Nacht draußen. Das fiel mir nur auf."

Olaf bedankte sich und stürmte zum Fahrstuhl. Daran hatte er gar nicht gedacht, rügte er sich. Er benutzte die Eingangstür selten. Normalerweise fuhr er direkt in die Tiefgarage und von dort mit dem Fahrstuhl nach oben. Er konnte sich gut vorstellen, dass Silvia, vom Sportplatz kommend, ihr Rad vor der Tür abgestellt hatte. Sie wollte ja gleich wieder weg, zur Badeanstalt.

Olaf erkannte seine Schweißarbeit am Kippständer schon von der Tür aus. Silvias Rad parkte brav an der Seite des Zugangs. Noch aufgeregter rannte er zurück.

„Ihr Rad steht draußen vor der Tür", schnaufte er. Ihm fiel nicht auf, wie Gitta erbleichte. Sie stammelte: „Dann ist sie ja gar nicht zum Freibad geradelt. Das müssen wir der Polizei melden. Die gehen davon aus, dass Silvia mit dem Rad unterwegs ist."

Olaf suchte die Visitenkarte des Kriminalpolizisten. Bebend gelang es ihm beim zweiten Versuch, die Telefonnummer richtig einzutippen. Gitta huschte aus dem Wohnzimmer.

Endlich meldete sich eine fremde Stimme im Hörer. Olaf verhaspelte sich einige Male. Der Kripotelefonist kannte das und wusste damit umzugehen. Ein Schrei unterbrach sie. Gitta schrie: „Nein, nein, nein!" Sie konnte nicht aufhören, das Wort zu kreischen. Olaf spürte, wie sich durch den schrillen Jammer Gänsehaut auf Armen und Beinen bildete. Er ließ den Telefonhörer fallen und raste auf den Flur. Silvias Zimmertür stand offen. Gitta taumelte aus dem Kinderzimmer. Als sie Olaf erkannte, fuchtelte sie mit den Armen und japste: „Unter dem Bett. Nein, nein, nein!"

Olaf trat in das kleine Zimmer. Ein süßlicher, würgender Geruch schlug ihm entgegen. Mit Mühe überwand er den Reflex zurückzuweichen. Er hielt die Luft an, kniete nieder und schaute unter das Bett. Grünlich schimmernde Fliegen schwirrten ihm entgegen. Silvia lag nackt auf seinem Lieblingsbadetuch hinten an die Wand geschoben. Aus den weit aufgerissenen Augen wölbten sich die Augäpfel unnatürlich hervor. Die Zunge erschreckte ihn noch mehr. Die Spitze ragte heraus. Sie sah blaurot und trockenstumpf aus. Nach Luft schnappend schwankte er zu Gitta ins Wohnzimmer. Dort saß sie blicklos, vor sich hinwimmernd auf der Sofakante. Olaf ergriff den Hörer und flehte: „Kommen sie schnell. Sie ist hier. Ich glaube tot."

29.

In Daves Bauch kribbelte es wohlig an diesem Donnerstagvormittag. Till de Winter, sein Chef, hatte sich vor ein paar Tagen mit ihm für heute zum Lunch verabredet. Was für eine Ehre! Der große GP-Europaboss weilte höchstens ein, zwei Tage pro Woche in London. Er schien ein schlechtes Gewissen zu bekommen, wenn er sich hier zu lange in seinem Büro in der

GP Europazentrale aufhielt. „Die Geschäfte machen unsere operativen Firmen in ihren regionalen Märkten", dozierte er oft. Drum reiste er ständig zu ihnen. Seit einem halben Jahr bereitete Dave als sein Assistent jeden Besuch vor. Till de Winter wollte immer alles vorher wissen. So wie Carol Stone, seine Sekretärin, die Reisen bis ins Detail organisierte, sammelte Dave für ihn Informationen über die Firmen, Projekte und Menschen, die es zu besuchen galt. Mitreisen durfte er noch nie. Sie telefonierten mindestens einmal am Tag, um sich gegenseitig auf dem Laufenden zu halten. Bei einem dieser Telefonate hatte er letzte Woche Dave zum heutigen Lunch eingeladen. Der Beglückte konnte sich nicht erklären, warum. Es gab so viele Wichtigere, die alles abgesagt hätten, um mit Till de Winter Mittag zu essen. Seine Sekretärin hätte dafür eine Warteliste anlegen können. Seit Tagen überlegte Dave, was ihn dazu verleitet hatte. Bei dem Gespräch hatten sie nur wie immer Neuigkeiten ausgetauscht. Unter anderem hatte Dave auch Sir Edwards Termingesuch erwähnt. Nur hatte das sicher nichts damit zu tun. Routinemäßig hatte Dave inzwischen Informationen über Sir Edward zusammengetragen. Keine davon rechtfertigte das Mittagessen. Zumal der Vielflieger den Alten noch nicht einmal persönlich treffen wollte. Doch eins wusste Dave mit Sicherheit. Nur zur Geselligkeit lud Till de Winter keinen zum Essen ein.

Dem Klopfen folgte augenblicklich das schwungvolle Aufreißen von Daves Bürotür. So trat Till de Winter hier stets auf. Dave kannte keinen, der so einnehmend wie sein Chef die Kunst des ersten Eindrucks beherrschte. Der schlanke mindestens Fünfzigjährige strahlte jedem direkt in die Augen und bewies immer wieder unverhofft mit einer simplen Frage persönliches Interesse. Dave kam sich ihm gegenüber mit seinen achtundzwanzig Jahren wie ein unerfahrener Bubi vor. Diese persönliche Fehleinschätzung passte nicht zu seinem sonst so sicheren Urteilsvermögen. Der blendend aussehende Dave hatte in Rekordzeit in London Wirtschaftswissenschaften und Kulturgeschichte studiert und mit Prädikatsexamen abgeschlossen. Das erste Studium fiel ihm so leicht, dass er das zweite, was ihn in Wahrheit mehr interessierte, parallel absolvierte.

Till de Winter blieb in der Tür stehen und fragte seinen Mitarbeiter: „Wie hungrig sind Sie? Hält sich für GP der Schaden in Grenzen, wenn Sie jetzt Ihre Arbeit unterbrechen und mit mir zum Essen gehen?"
Dave sprang auf und schnappte sich sein Jackett. Auf dem Weg zum Fahrstuhl plauderte sein Chef: „Ich hoffe, Sie vertragen italienische Küche.

Carol hat uns das Separée bei Giovanni reserviert. Kennen Sie das Lokal? Ist gleich um die Ecke. Können wir zu Fuß hingehen. Ist ein Familienbetrieb. Die behandeln mich schon seit Jahren wie ihren Sohn. Ganz rührend."

„Hauptsache es schmeckt", lachte Dave.

Giovanni bewirtete mehr Gäste als die Feuerwehr erlaubte. Das Stimmengewirr und Tellergeklapper lärmten lauter als Ohrenärzte es für verträglich hielten. Der wuselige Giovanni begrüßte seinen Stammgast überschwänglich und Dave höflich. Er führte sie sofort in das leere Hinterzimmer. Um den einzigen Tisch standen sechs Stühle. Als die Tür geschlossen wurde, merkte Dave erst, wie das Getöse draußen belastete.

Sein Chef besprach mit dem Wirt das Menü auf Italienisch. Dave konnte diese Sprache zwar nicht sprechen, verstand aber aufgrund seiner lateinischen und spanischen Sprachkenntnisse einiges.

Giovanni flitzte raus. Till de Winter tauschte mit Dave Neuigkeiten über die laufenden Projekte aus. Sie ließen sich durch den italienisch aussehenden Ober, der garantiert zur Familie gehörte, nicht stören. Die Frohnatur brachte in steter Folge Teller mit Probierportionen von Pasta, Gemüse, Pilzen, Fisch und Obst. Es schmeckte ihnen so vorzüglich, dass sie bedauerten, nur so wenig davon serviert zu bekommen. Der rasch folgende nächste Gang tröstete dann umso mehr.

Als Dave schließlich Sir Edwards bevorstehenden Besuch erwähnte, wunderte sich sein Chef: „Dass der überhaupt noch lebt! Und dann auch noch den Nerv hat, wieder bei uns anzuklopfen. Dieser Bescheißer!"
Dave starrte seinen Chef überrascht an: „Hat er Sie oder GP besch…?"
Dave brachte das Wort nicht über die Lippen, schon gar nicht beim Essen mit seinem Chef.
„Was ist der Unterschied? GP hat seine Künstleragentur gekauft. Die hatte eine Menge unterschiedlichster Künstler unter Vertrag. Wir interessierten uns für einige Weltstars. Im Vergleich zu unseren anderen Akquisitionen war seine Firma klein. Wir haben sie sofort liquidiert und die begehrten Künstler in unsere Organisation integriert. Leider mussten wir dabei feststellen, dass einiges nicht dem entsprach, wie er es uns angepriesen hatte", er lehnte sich zurück und blickte Dave mit ernsten Augen an,

„laufen Sie nie in die Falle der Leichtfertigkeit. Unter dem Motto, ach den Laden schlucken wir mal eben nebenbei."

„Ist denn das damals ohne Wirtschaftsprüfer und Rechtsanwälte abgewickelt worden?" hakte Dave nach.

Der Betrogene schnaubte bitter: „Natürlich nicht, nur die hat Sir Edward genauso bequatscht. Wir standen zur gleichen Zeit in Frankreich mit dem Taschenbuchmarktführer in Verhandlungen. Die Zahlen dort hatten so viele Nullen mehr, dass bei Sir Edward keiner kritisch hinguckte", er besann sich einen Augenblick, „heute glaube ich sogar, dass der das bewusst ausgenutzt hatte."

„War der Schaden groß?"

„Den finanziellen Schaden hat sich GP von den Wirtschaftsprüfern und mir ersetzen lassen. Mein Jahresbonus wurde gestrichen", er hielt verdrießlich inne, „am meisten ärgerte ich mich über mein ramponiertes Ansehen. Ich dürste heute noch nach Rache." Sein Gesicht rötete sich vor Groll.

„Rache schadet den Geschäften. Wenn Sir Edward nach zehn Jahren trotzdem wieder aus der Versenkung auftaucht, wird er etwas Sensationelles in petto haben", gab Dave zu bedenken.

„Drum sollen Sie sich ja auch mit ihm treffen. Wenn er was Außergewöhnliches anzubieten hat, holen wir für GP das Beste raus. Aber mit größter Vorsicht", zögernd fügte er hinzu, „dennoch würde ich den Blender zu gerne linken." Er presste seine Lippen bis sie verschwanden.

Erschrocken senkte Dave den Blick und versprach: „Ich schaue mir morgen an, was er zu bieten hat. Darf ich Sie gegebenenfalls dazuholen?"

„Klar, für goldene Eier oder süße Rache immer."

Dave fühlte sich geadelt. Sein Chef hatte ihn erstmalig persönlich ins Vertrauen gezogen.

30.

Am Donnerstagnachmittag weckte das Telefonklingeln Ulla aus der Siesta-Döse. Das konnte nur einer aus dem Norden sein, grollte sie beim Abnehmen. Einer aus dem Süden riefe um diese Zeit höchstens an, wenn es um Leben und Tod ginge. Diesmal traf beides zu.

Ulla erkannte die Stimme ihres Bruders sofort. „Silvia ist tot", flüsterte er, als ob er Silvia nicht stören wollte. Sein schwerer Atem ließ Ulla vermuten, dass er heulte. Ihre Vision stand ihr mit erbarmungsloser Brillanz vor Augen. Sie hatte es gewusst, hämmerte es in ihrem Kopf. „Weißt du schon Genaueres?"

„Sie wollen sie noch untersuchen. Nur, was soll dabei rauskommen?" er sammelte einen Augenblick Kraft, dann schniefte er, „sie lag nackt unter ihrem Bett."

Ulla spürte Tränen. Sie wusste nicht, was sie sagen sollte. Sie murmelte: „Armer Olaf. Es tut mir so leid." Dann flüchtete sie sich in Sachlichkeit: „Halte uns bitte auf dem Laufenden. Auch wegen der Beerdigung. Damit wir die Flüge buchen können."

„Mach ich. Ach Ulla, ich hatte es so schön bei euch. Und nun das." Er schniefte jetzt so bitterlich, dass Ulla es deutlich mitbekam. Sie spürte, eine Träne von der linken Wange tropfen. „Wie geht es Gitta?"

„Sie kauert mit angezogenen Knien auf dem Sofa. Seit Stunden wimmert sie nur noch vor sich hin."

„Nimm sie in die Arme und halte sie fest. Das wird auch dir helfen. Mein armer Olaf."

„Danke Ulla. Du bist die beste von allen." Dann schwieg er. Ulla hörte die Stadt im Hintergrund. Schließlich legte sie den Hörer auf. Erschöpft ließ sie sich zurück aufs Bett fallen. Ihre Tränen bahnten sich jetzt einen neuen Weg.

Eine halbe Stunde später raffte sie sich auf. Sie meldete Holger, was sie erfahren hatte. Er versprach, sobald wie möglich nach Hause zu kommen. Ulla entschied sich, das für den Nachmittag geplante Schwefelbad zu verschieben. Ihre juckenden Pusteln blühten nach wie vor.

31.

Am Freitagnachmittag erschien Sir Edward pünktlich in Daves Büro. Sie musterten sich gegenseitig. Der Zerknitterte trug einen silbergrauen Mohairanzug und einen rot betupften Seidenschal um den Hals. Rausgeputzt, als ob er einen Kredit beantragen wollte, schmunzelte Dave.

Sir Edward fragte sich, ob Daves saloppe Jacke und Hose aus schwarz gefärbtem Kartoffelsackleinen noch als Anzug zu bezeichnen waren. Um zeitgemäße Kompetenz zu demonstrieren, holte Sir Edward lässig ein Handy aus der Jackentasche und legte es neben die Mustermappe auf den Besuchertisch.

Dave hatte sich Sir Edward als aufdringlichen Widerling vorgestellt. Tatsächlich entpuppte er sich als zurückhaltend und höflich. Von der Präsentationsmappe erwartete Dave allenfalls Durchschnittliches. Doch die farbigen DIN A4 Abzüge beschleunigten seinen Puls.

Sir Edward entging sein Interesse nicht. „Im Großformat hauen die Bilder einen um. Mit der GP Farbdrucktechnik müssten sensationelle Bildbände machbar sein."

Genau daran hatte Dave auch sofort gedacht. Entrückt blätterte Dave die Beispiele nochmals durch. Dabei achtete er auch auf die Rückseiten. Üblich wäre ein Aufkleber des Künstlers mit Adresse und Telefonnummer. Hier fehlte jeglicher Hinweis. Bei einem Bild war die Oberfläche der Rückseite an einem münzgroßen Fleck beschädigt. Hatte der Hund etwa den Aufkleber abgenagt? Nur ein Bild war auf der Rückseite beschriftet. In schwungvoller Schönschrift stand dort ‚Golfer's Heaven' darunter signiert mit ‚Ulla Allu'.

Dave spielte den mäßig Interessierten, der sich mit Nebensächlichkeiten beschäftigte: „Witziger Name. Haben Sie den Namen schon mal rückwärts gelesen? Bei wem ist Ulla Allu unter Vertrag?"

„Bei mir", log Sir Edward routiniert, ohne zu zögern oder rot zu werden.

„Wissen Sie was, ich schleiche mich mal zu Till de Winter. Vielleicht kann ich ihn aus seiner Besprechung locken."

Sir Edwards Augen strahlten.

Dave verließ den Raum, überquerte den Gang und betrat das Chefzimmer durch die offene Verbindungstür zum Sekretariat. Till de Winter thronte an seinem Schreibtisch. Die Sekretärin saß ihm gegenüber und notierte seine Anweisungen. Erwartungsvoll blickten sie Dave an.

„Ich bräuchte mal eben Ihr erfahrenes Auge."

„Wir machen gleich weiter. Am liebsten mit einem frischen Tee", entließ er Carol. Widerspruchslos aber enttäuscht, mal wieder nicht ins Vertrauen gezogen zu werden, verließ die sonst so Resolute den Raum.

„Die Fotos sind der Knüller. Ich habe auch eine Idee, wie wir ihn linken könnten."

Aufmerksam und zunehmend begeistert hörte der Rachedurstige sich den Plan an.

Gemeinsam kehrten sie in Daves Büro zurück. Sir Edward zupfte sich gerade sein Halstuch zurecht. Er sprang sofort auf, als er den großen Boss erblickte. Sie begrüßten sich wie alte Freunde. Dave bewunderte die schauspielerischen Fähigkeiten seines Chefs, der umgehend zur Sache kam: „Ich würde auch mal gerne einen Blick auf die Bildchen werfen, aber nicht bei dieser Funzelbeleuchtung." Dabei legte er den Arm auf Sir Edwards Schultern und dirigierte ihn in den benachbarten Konferenzraum. Dave folgte ihnen mit der Mustermappe und schaltete die grellen Strahler ein. Er ließ die beiden jedoch allein und schloss die Tür hinter sich.

Zurück in seinem Zimmer stürzte er sich auf das liegen gelassene Handy. Ein Glück, es war noch eingeschaltet, stellte er erleichtert fest. Mit geschickten Tastendrucken durchwanderte er das Bedienungsmenü. Das Telefonbuch enthielt keine Einträge. Schade. Er hatte gehofft, dort unter Ulla Allu eine Rufnummer zu finden. Flink fummelte er sich weiter durch die Menüfunktionen. Der Speicher der Nummern, die ihn angerufen hatten, beinhaltete auch nichts. Nutzte der Betuchte das Handy nur als modisches Accessoire? Endlich fand Dave den Speicher der angerufenen Nummern. Mit der linken Hand hielt er den Winzling. Mit dem Daumen blätterte er die angerufenen Nummern durch. Mit der rechten Hand schrieb er die Zahlenfolgen auf. Sein Unrechtsbewusstsein ließ ihn schwitzen. Stolz registrierte er nebenbei, wie zitterfrei er dennoch das verbotene Teil in der Hand hielt. Die krakeligen Ziffern belegten seine Erregung. Den noch bedeutungslosen Zahlen haftete etwas Tagebuchhaftes an. Anständige Jungs lesen keine fremden Tagebücher. Dave fragte sich, ob diese Indiskretion das aufgeregte Kribbeln auslöste. Oder lockte die Aussicht auf einen unvergesslichen Pluspunkt beim Chef? Er schnaufte wie nach einem Treppenspurt. Trotzdem überprüfte er konzentriert jede Nummer, bevor er das Programm wieder in die Ausgangsstellung brachte. Über die Liste der Nummern schrieb er ‚Ulla Allu' und ‚Golfer's Heaven'. Den DIN A5 Zettel steckte er in die Innentasche seines Sakkos. Ungeduldig zappelte er, bis sich endlich der automatische Ruhezustand des Handys einschaltete. Wie zur Halbzeitpause wankte Dave in den Konferenzraum und stellte sich wortlos, wie zufällig, hinter Sir Edward. Der schwärmte gerade: „Das hier sind nur wenige verkleinerte Abzüge. Sie sollten mal ihren Fundus sehen. Auch ihre Schwarz-Weiß-Epoche ist einfach meisterhaft. Und alles unveröffentlichtes Material."
Till de Winter richtete seinen neutralen Blick von dem Anpreiser auf Dave. Der nickte ihm bedeutungsvoll zu. Till de Winter verriet mit keiner Miene, ob er ihn verstanden hatte. Er bedauerte an den Gast gewandt: „Leider

passt das nicht in unsere Programme. Wir melden uns, wenn sich eine Vermarktung ergibt." Dabei schaute er auf die Armbanduhr und verabschiedete sich eilig.

Wenig später begleitete Dave den Enttäuschten zum Ausgang. Auf dem Rückweg tastete Dave nach dem verheißungsvollen Papier in seiner Anzugjacke.

32.

Ungefähr zur gleichen Zeit kehrte Ulla vom Schwefelbad zurück. Sie setzte sich an ihren Schreibtisch und schrieb auf eine steife Briefkarte ‚SOWISO'.
Diese sechs Buchstaben waren ihr als unerwünschte Vision erschienen. Sie hatte sich bewusst nicht in das Gewölbe gesetzt. So wollte sie eine weitere Prophezeiung vermeiden.

Nach Silvias Tod hatte Ulla das beklemmende Gefühl, mitschuldig zu sein. Bei Sir Edwards Unfall hatte sie sich vorgeworfen, ihn nicht gewarnt zu haben. Jetzt grübelte sie, ob Silvia noch am Leben wäre, wenn sie nicht diese Vision gehabt hätte. Sie wusste, dass Holger das als völligen Quatsch abtun würde. Dennoch quälte sie diese grauenvolle Vorstellung.

Drum hoffte Ulla diesmal, ohne Gesicht davonzukommen. Auf die heilende Wirkung des Schwefelbachs wollte sie nicht verzichten. Allein schon, weil morgen Sir Edward wegen der Ausstellung kommen wollte. Zu gerne würde sie ihr ärmelloses Kleid aus enzianblauer Seide mit den Goldpunkten anziehen. Hoffentlich verschwanden die letzten Sorgenflecken rechtzeitig.

Aber Visionen ließen sich weder rufen noch absagen. Erst hielt Ulla es für ein Augenflimmern. Aber es verschwand nicht, sondern tanzte auf der Netzhaut: leuchtende Linien und Kreise. Dann erkannte sie die goldenen Buchstaben: SOWISO. Warum fehlte das E in der Mitte? Das war ihr sofort aufgefallen. Ein Glück, diesmal keine Horrorvision, dachte sie in ihrer Ahnungslosigkeit.

Sie stand auf, umrundete den Schreibtisch und öffnete das Fenster. Im August durfte man nur bis zum frühen Vormittag und ab späten Nachmittag lüften. Tagsüber käme zuviel Hitze ins Haus. Auf dem Rückweg fiel ihr die Briefkarte mit dem visionären Wort auf. Von hier aus las sie ,OSIMOS'. Sie sprang zurück, als ob sich eine Schlange auf dem Tisch ringelte. Ängstlich zögernd überwand sie sich und setzte sie sich wieder an die Arbeitsplatte. Ungläubig drehte sie die Pappe. Aus ,SOWISO' wurde ,OSIMOS' – so hieß Holgers Segelboot.

Ulla rannte auf die Terrasse, als ob sie es damit ungeschehen machen könnte. Sie schloss die Augen, zwang sich vergebens, an nichts zu denken, und betrachtete dann konzentriert den Garten. Hinter dem geschorenen Rasenteppich klapperten Palmenblätter. Die Wellen auf dem Swimmingpool blendeten funkelnd in der Sonne. So himmlisch und doch real. Es half nichts. Ulla wusste zu genau, was die Zukunft ihr offenbart hatte: Holgers Boot würde kieloben im Wasser treiben. Nie dürfte er wieder mit seinem Lieblingsspielzeug aufs Meer. Damit entfiele für ihn das stärkste Argument, in Sotogrande zu bleiben. Was sollte sie nur machen?
Wenn er auf sie hörte, wollte er sicher nicht hier bleiben. Wenn er die Warnung in den Wind schlug, schlug der Wind sein Boot um. Würde Holger dann ertrinken? Was für ein Albtraum! Wie sollte sie ihn überzeugen? Ulla litt unter dem Fluch des Wissens. So hatte sie das nicht gewollt.

33.

Als Holger am Freitagabend nach Hause fuhr, überlegte er, wie und wann er Ulla endlich sein Wissen über den ehrenwerten Sir Edward mitteilen sollte. Seit zwei Tagen wartete er auf eine günstige Gelegenheit. Er wollte die Blauäugige besser vor als nach dem Treffen mit dem Nachbarn aufklären. Dann würde sie selbst wachsam und kritisch sein.

Ulla begrüßte ihn in der Eingangshalle. Holger fiel sofort auf, dass Ulla sich mehr sorgte als üblich. Ihre Augen lagen tief. Die sonst so anmutig geschwungenen Lippen waren zu dünnen Strichen verkniffen. Am Hals traten verkrampfte Stränge vor. Hatte sie wieder Schlechtes von ihrem Bruder erfahren?

Geschwind wechselte er seine Arbeitskleidung in Polohemd und Jeans. Ulla hatte ihnen inzwischen schon einen Manilva in Sherrygläser eingeschenkt und auf der Terrasse serviert.

„Gibt es was Neues aus Hamburg?"

„Ich mochte nicht anrufen. Was soll man ihnen sagen?"

„Bist du denn heute im Heilbad gewesen?"

„Hat wenig geholfen". Ulla schob den weiten Ärmel ihrer Bluse über den Ellenbogen.

Holger schienen die Pusteln größer als vorher. „Und hattest du wieder ...?"

Ulla holte tief Luft, hielt sie sekundenlang an und blies sie durch die Nase mit zusammengepressten Lippen aus. „Ich wollte es nicht. Es ließ sich nicht verhindern. Schatz, es ist so schrecklich." Sie stand auf und holte die Briefkarte von der Kommode im Wohnzimmer. Sie reichte ihm die Pappe so, dass ‚SOWISO' zu lesen war. „So ist mir die Schrift erschienen. Güldene Buchstaben auf braunem Grund."

„Bis auf die sparsame Rechtschreibung nicht sonderlich aufregend", kommentierte Holger noch aufgeräumt.

„Genau! Ich war auch heilfroh. Endlich mal kein Feuer oder totes Mädchen. Erst zuhause, als ich das Wort aufgeschrieben hatte", Ulla brach ab und drehte die Karte falsch rum. Bekümmert beobachtete sie Holger, als ob sie ihm die Todesanzeige seiner Mutter gereicht hätte.

Holger las ‚OSIMOS'. Es verstrich kein Lidschlag, da weiteten sich seine Augen, als ob er unter Schock stände. Er lehnte sich in dem Terrassensessel zurück. Sein Blick schien ein Loch in den Himmel zu brennen. Tatsächlich sah er gar nichts, sondern horchte in sich rein. Er hatte die Bedeutung sofort erfasst. So las man den Namen seines geliebten Segelbootes, wenn es kieloben schwamm. Nachdenklich rieb er den Knöchel des rechten Zeigefingers an den Lippen.

Nur die Ruhe, ermahnte er sich. Es drohte keine akute Gefahr. Wenn eine Nachricht die Lage dramatisch ändert, prüfe man erstmal die Information, bevor man Maßnahmen ergreift.

„Komisch, dass du diesmal ein Wort gesehen hast."

„Es erleuchtete mich jedes Mal anders. Heute begann es braun, wie das Holz am Bootsheck. Davor flimmerten goldene Linien, Dreiecke und Kreise. Aus der Wellenlinie formte sich ein S, aus dem Kreis ein O, bis sie alle als Buchstaben identifizierbar erstarrten."

„Bist du denn sicher, dass es sich wieder um eine Zukunftsvision handelt?"

„Zweifelst du an der Deutung?"

„Stufst du sie so ein, wie die vorherigen?"

„Mensch Holger, dein Boot wird umkippen. Das wissen wir. Nach deiner Theorie haben sich alle meine Visionen als absolute Zukunft erwiesen. Da hilft gar nichts."

Das war Holger auch schon durch den Kopf gegangen. Wenn eine schlechte Nachricht eintrifft, köpfe nicht den Boten, beklage nicht das Schicksal, sondern mach das Beste draus, ermahnte er sich und fragte: „Was schlägst du vor?"

Schade, dachte Ulla, dass er es nicht selbst aussprach. Sie schaute ihm in die Augen, nickte auffordernd mit dem Kopf und zuckte bedauernd die Schultern.

Holger verstand, überwand sich und versprach: „Ich werde morgen nicht mit dem Boot raus fahren." Er sah, wie Ullas Sorgenfalten auf der Stirn flacher wurden. Um das Beste draus zu machen, fuhr er fort: „Wo wir gerade bei den schlechten Nachrichten sind", er wartete bis sie ihn besorgt anschaute, „Sir Edward galt in der Londoner Kunstszene als Betrüger."

Ulla brauchte drei Atemzüge, bis sie konterte: „Willst du mir jetzt die Ausstellung vergraulen, wo dir das Boot genommen wurde?"

Holger beeilte sich sie zu besänftigen: „Ich gönne dir die Ausstellung von Herzen. Ich wäre so stolz. Nur, wenn morgen Sir Edward kommt, sei vorsichtig. Lass uns erst am Sonntag danach entscheiden, wie es mit der Ausstellung und dem Boot weitergehen soll." Dabei legte er den Arm um ihre Schulter, lehnte die Stirn an ihren Kopf und küsste sie zärtlich auf die Wange.

34.

Am Samstagvormittag wartete Gitta, bis Olaf aufbrach, um die leeren Bierkästen in volle zu tauschen und den Wagen waschen zu lassen. Damit verbrachten alle anständigen Männer der Stadt den Samstagvormittag. Die Regelmäßigkeit gab dem Vorgang etwas Rituelles, als ob es den sonntäglichen Kirchgang ersetzen sollte.

Seit Gitta ihre Tochter gefunden hatte, verdächtigte sie Lutz. Was für ein Verhängnis! Aber alles passte so exakt zusammen, wie bei einem Puzzelbild. Am liebsten hätte sie es den ahnungslosen Polizisten gleich gesagt. Andererseits schämte sie sich. Damit zöge sie sich selbst in den Schmutz. Ja, stellte sich sogar in die Nähe der Beihilfe. Was würde passieren, wenn Lutz gestand und ihre Schlafzimmergeschichte preisgab? Mit Olaf schien wieder alles eingerenkt zu sein. Würde er, wenn das raus käme, sie endgültig verlassen?

Gestern erwähnte der Kriminalpolizist, dass nächste Woche alle Klassenkameraden und Freunde überprüft werden sollen. Das gab Gitta den Anstoß. Sie wartete am Fenster, bis sie Olaf aus der Tiefgarage fahren sah. Bebend setzte sie sich an das Telefontischchen, legte die Visitenkarte der Polizei neben das Telefon und griff mit sich ringend zum Hörer. Ihre Hand nässte jetzt schon. Der Telefonhörer lag glitschig wie ein nasses Seifenstück in der Hand. Es gelang ihr, die Nummer fehlerfrei einzutippen. Schon beim zweiten Rufzeichen meldete sich jemand am anderen Ende. Gitta haspelte los: „Überprüfen Sie den Brotfahrer. Er beliefert den Lokstedter Edekamarkt."
„Was soll er denn getan haben?"
„Der Lutz hat die Silvia auf dem Gewissen. Glaube ich." Gitta ließ den Hörer wie eine heiße Kartoffel auf die Gabel fallen. Dabei hätte man ihn auswringen können wie ein nasses Handtuch. Sie taumelte zum Sofa und legte sich lang. Bemüht tief und langsam atmend versuchte sie sich zu beruhigen. Es dauerte einige Minuten. Dann reduzierte sich das rasende Herzflattern in stampfendes Pochen. Plötzlich schockte sie ein Gedanke. Konnte die Polizei etwa ihren Anruf zurückverfolgen? Würden die gleich kommen? Wohlmöglich stieß Olaf dazu. Ob die sie gar zum Verhör abholten? Gitta schwitzte vor Scham und Angst. Sie fühlte sich nass, als ob sie in der heißen Badewanne läge. Was hatte sie bloß angerichtet?

35.

Ulla wuselte an diesem Samstag nicht minder aufgeregt durch alle Räume. Sie freute sich auf Sir Edwards Besuch am Nachmittag. Holgers negative Beurteilung hoffte sie noch, entkräften zu können. Das Ganze wurde von ihrer letzten Vision überschattet. Holger blieb heute zwar seinem Boot fern, aber wie sollte das weitergehen? Seit Stunden lungerte er im Haus und Garten rum. Wenn er sich wirklich von seiner Jolle trennen sollte, würde er dann nicht umso mehr seine Versetzung forcieren? Komisch, dass er das Thema nicht wieder ansprach. Sie selbst allerdings auch nicht. Sie hatte Angst, ihn daran zu erinnern. Warum konnte nicht alles so bleiben, wie es war? Natürlich abgesehen von ihren Pusteln. Die juckten schlimmer denn je, auch an den Beinen wieder. Die Heilkraft des Schwefelwassers unterlag ihren wachsenden Sorgen. Die ,SOWISO - Vision' düngte den Ausschlag. Die Nähe zum Wort ,sowieso' erstickte jede Hoffnung. Ulla schwor sich, nie wieder das verfluchte andalusische Delphi aufzusuchen. Horoskope würde sie überblättern, wie sie es so oft bei Holger beobachtet hatte.

Sir Edward brachte ihnen in einer modischen Tragetasche aus graubraunem Recyclingpapier die Mustermappe zurück und Informationsmaterial mit. Es handelte sich um kostenlose Touristeninformationen über London, wie Beschreibungen der Sehenswürdigkeiten, ein Veranstaltungskalender und ein Stadtplan der Innenstadt. Auf dem zeigte er ihnen, wie zentral die Galerie lag, die Ullas Fotomontagen ausstellen wollte. In einer nobel aussehenden Broschüre stellte sich die Galerie selbst dar. Ulla blätterte in dem Katalog einer früheren Ausstellung von Helmut Newton. Die Vorstellung, ihre Bilder könnten am gleichen Ort ausgestellt werden, ließ sie vor Glück erschaudern.

„Soll für Ullas Werke auch solch ein Katalog aufgelegt werden?" fragte Holger unbekümmert direkt. Ulla verschlug es den Atem.
„Warum nicht? Das ist Sache des Galeristen", erklärte der Engländer freundlich.
„Und wer bezahlt das?" hakte Holger penetrant nach. Ulla befürchtete schon, dass er ihr alles verdarb.
„Das kommt auf die Abmachungen an."
„Haben Sie schon etwas abgemacht?" bohrte Holger weiter.
„Noch nicht konkret. Aber ich bin mit den Usancen der Branche bestens vertraut." Dann wandte er sich an Ulla: „Wäre das nicht ein Traum, Ihre Kunstwerke in London an erster Adresse der Öffentlichkeit zu präsentieren?"
Ullas entrückter Blick bestätigte seine Einschätzung. Ermuntert fuhr er fort: „Von so einem Einstieg in die internationale Szene wagen die meisten Künstler noch nicht mal zu träumen. Ob man das nun auf Kommissionsbasis oder als Joint Venture vereinbart, spielt keine Rolle. Ulla Allu bekäme auf einen Schlag die Bedeutung, die ihre Kunst längst verdiente." Er schaute dabei Ulla lange in die Augen. Wie ein gütiger Weihnachtsmann dachte Ulla. Endlich mal einer, der sie wirklich verstand und fördern wollte.

Er führte weitere namhafte Künstler auf, deren Gemälde in dieser Galerie schon ausgestellt wurden.

Während dessen legte Holger sich die Mustermappe auf die Knie, schlug sie auf und betrachtete die Abzüge. Dabei achtete er verstohlen auf die Rückseiten. Am liebsten hätte er Ulla angeschnauzt. Keines der Fotos trug ihren Aufkleber. Nur das geschenkte ‚Golfer's Heaven' war signiert.

Um etwas Platz auf dem Terrassentisch zu schaffen, trug er die Papiertüte und die Mustermappe ins Haus. Als er sich wieder zu ihnen gesellte, füllte er ihre Gläser auf und erkundigte sich: „Gibt es schon einen Termin?"

Sir Edwards erstrahlende Augen verrieten, dass er auf diese Frage gewartet hatte. „Dies Jahr ist nur noch der November frei. Für nächstes Jahr stehen noch mehrere Monate zur Auswahl. Aber ich denke, November ist ideal. Das gibt uns gut zwei Monate für die Vorbereitung."

Ulla spürte ein Kribbeln im Bauch. Er sprach nicht mehr im Konjunktiv über ihre Ausstellung.

Holger schlug vor: „Dann sollte ich in der kommenden Woche die geschäftlichen Regelungen vereinbaren. Wer ist dort mein Ansprechpartner?" Er suchte schon in der Galeriebroschüre nach Namen und Telefonnummer.

Sir Edward entgegnete: „Oh, dafür brauchen Sie Ihre wertvolle Zeit nicht opfern. Das erledige ich gerne mit Ihrer Frau nächste Woche. Ich kenne mich in diesem Bereich gut aus. Der Galerist ist ein alter Bekannter."

Ulla nickte unterstützend mit dem Kopf. Ihr wäre es auch lieber, wenn Holger sich da raus hielte. Der sah alles nur geschäftlich. Darum ging es ihr dagegen gar nicht. Aufgeregt bot sie deshalb an: „Passt es Ihnen am Dienstag Vormittag? Wollen Sie von hieraus telefonieren, oder soll ich zu Ihnen kommen?" Ihre Wangen röteten sich.

„Am Dienstag bin ich um 11 Uhr hier. Dann ist es 10 Uhr in London. Guter Tag und gute Zeit, um alles klar zu machen." Seine Mundwinkel strebten zu den funkelnden Augen.

Als er keinen Whisky mehr im Glas hatte, verabschiedete er sich. Ulla bedankte sich überschwänglich. Auf dem Weg zurück zur Terrasse hätte sie Purzelbäume schlagen können. Doch Holger wirkte so ernst, dass es sie bremste. Was hatte er nur? Er schien mit sich zu ringen. Dann überwand er sich: „Ulla, sei mir nicht böse, aber du solltest das nicht mit ihm machen."

Die Enttäuschung stach ihr ins Herz. Sie trotzte: „Und warum nicht? Etwa weil dir einer missgünstigen Tratsch über ihn erzählt hat? Mensch das ist über zehn Jahre her!"

„Einmal Bescheißer, immer Bescheißer. Diese Typen können gar nicht anders."

„Und warum kannst du in der Bank mit ihm Geschäfte machen?"

„Wir verwalten sein Depot. Damit gehen wir kein Risiko ein. Ich gäbe ihm keinen Kredit und schon gar keine Kunstwerke", antwortete Holger mit leiser Stimme.

Ulla fühlte sich, als wenn man ihr nach der Weihnachtsbescherung ihr heiß ersehntes Lieblingsgeschenk weggenommen hätte. Sie starrte traurig vor sich hin. Sie spürte Tränen in sich aufsteigen. Ihr verborgenes Reservoir hinter den Augen lief über. Tröpfchen kullerten über ihre Wangen. Schniefend klagte sie: „Nie hatte ich einen Förderer. Nun kommt einer und mein eigener Mann stellt sich in den Weg." Kummer schüttelte sie. „Damit führst du die traurige Tradition in meinem Leben fort."

Holger fingerte ein Papiertaschentuch aus der Hosentasche und reichte es ihr. „So ist das doch gar nicht."

„Doch! Meine Eltern wollten mich schon nicht aufs Gymnasium gehen lassen. Wozu braucht ein Mädchen Abitur? Nur weil mein Klassenlehrer lange auf sie eingewirkt hatte, akzeptierten sie es schließlich. Nach dem Abitur hätte ich so gerne studiert. Leider hatte ich damals keinen Fürsprecher. So absolvierte ich die Lehre beim Fotografen. Wenn ich nicht so übermäßig im Haushalt eingespannt gewesen wäre, hätte ich danach noch studiert. Aber meine Mutter war zu faul, mein Bruder zu doof und mein Vater geschlechtsbedingt behindert, sich um den Haushalt zu kümmern." Leidend sackte sie in sich zusammen.

Holger wagte ein Späßchen: „Doch dann trat ein Märchenprinz in dein Leben. Der holte dich aus dem Jammertal und heute genießt du das Luxusleben in Sotogrande."

Ulla schwankte zwischen glücklichem Glucksen und verächtlichem Schnauben: „Das stimmt schon. Nur gönnt er mir keine Anerkennung sondern betreibt auch noch den Auszug aus dem Paradies." Ein neuer Schwall Tränen ergoss sich. Kummer ließ sie erbeben.

Holger ergriff ihre nassen Hände. Sie lagen kalt und verkrampft zwischen seinen warmen Fingern. „Ulla, es geht dir doch um eine Ausstellung deiner Fotos und nicht um Sir Edward. Richtig?"

Sie blickte ihn verheult an und nickte zaghaft.

„Stell dir mal die Top Ten Städte vor, wo du die Bilder am liebsten zeigen würdest. Welche belegen die ersten drei Plätze?"

Sie besann sich und schluckte schwer: „Paris, New York und London."

„In dieser Reihenfolge?"

„Was soll der Quatsch?"

„Ich besorge dir die Adressen der besten Galerien in Paris. Dann offerierst du denen deine Kunstwerke."

„Ach du spinnst."

„Sonst mache ich das selbst."

Ulla hatte sich schon etwas gefasst und Zuversicht gewonnen. Sie kannte Holger. Der gehörte nicht zu den Schnackern. Der bot nie was an, was er nicht ernst meinte. Ulla versuchte es noch einmal: „Aber was sagen wir Sir Edward?"

„Den rufe ich morgen an und teile ihm mit, dass ein tragischer Tod im engsten Familienkreis alles über den Haufen geworfen hat. Nächste Woche müssen wir wahrscheinlich sowieso zur Beerdigung nach Hamburg."

Daran hatte Ulla in ihrer Begeisterung gar nicht mehr gedacht. Sie wollte schon zustimmen, da erkannte sie die günstige Gelegenheit: „Also gut, allerdings nur, wenn du dein Boot aufgibst."

„Meinst du nicht, es reicht, wenn es umgetauft wird? Wie fändest du ‚Ulla Allu'?"

„Du Listfuchs! Doch die Vorsehung läßt sich nicht austricksen."

„Meinst du, ich sollte nie wieder mit dem Boot segeln?"

Ulla nickte mit ernstem Gesicht.

„Darf man ein Schiff mit solch einem Fluch denn überhaupt verkaufen?"

„Der neue Eigentümer weiß es ja nicht. Ohne das Wissen droht der Kenterfluch wahrscheinlich nicht. Was meinst du?"

„Du bist die Spökenkiekerin. Ich hielt das alles bis vor kurzem für Humbug", lachte Holger, „darf ich mir denn wenigstens von dem Geld ein neues Boot kaufen?"

„Aber nur, wenn wir hier bleiben", erklärte sie hoffnungsvoll bangend.

„Das weiß man nie", nachdenklich fügte er hinzu, „zum Glück."

36.

Während des Sonntagsfrühstücks kam Ulla wieder auf Holgers Segelboot zu sprechen: „Wie soll OSIMOS verkauft werden?"

„Am besten schalte ich den Sotogrande Ship Shop ein. Die werben ständig dafür, sich um alles zu kümmern, was Schiffe betrifft. Von 9 bis 9 Uhr sieben Tage die Woche. Bin gespannt, ob man die tatsächlich auch am Sonntag erreicht."

Ein Glück, dass er zu seiner Zusage stand, atmete Ulla auf. Sie hatte sich vorgenommen, die Ausstellung nur abzusagen, wenn Holger wirklich das Boot verkaufte. In der Sotogrande Zeitung fand sie die zitierte Anzeige an fest verankerter Stelle. Dieses zweimal im Monat erscheinende Gratisblatt diente vorwiegend als Werbeträger. Die ausschließlich lokalen Artikel tauchten in spanisch und englisch zwischen den Anzeigen auf. Ulla nutzte die Zeitung zur Unterhaltung und als Branchenbuchersatz, im Winter auch gerne zum Kaminanzünden.

Holger wählte die angepriesene Nummer und lauschte mit strenger Stirnfalte. Als sich sein Gesicht entspannte, wusste Ulla, dass sich jemand gemeldet hatte. Holger verabredete sich für 12 Uhr im Hafenbüro. Heiter berichtete er: „Die passende Stimme hat der Typ ja. Klingt wie ein versoffener Seebär."

Ulla fühlte sich zwar erleichtert. Doch damit rückte die Absage der Ausstellung näher. Warum wirft Licht immer Schatten? Ist das Teil des biblischen Fluchs nach dem Sündenfall?

Holger erklärte: „Bevor ich bei Sir Edward absage, erkundige ich mich erstmal bei Olaf, wann denn die Beerdigung stattfinden wird."

Ulla schaltete den Mithörlautsprecher ein. Gitta meldete sich verschlafen und genervt beim vierten Klingelzeichen.

„Ach wollt ihr auch kommen? Die Trauerfeier findet am Mittwoch statt. Bei uns könnt ihr aber nicht unterkommen."

„Wir gehen ins Hotel. Wie geht es Olaf?"

„Der duscht."

Als Holger den Hörer auflegte, verdrehte Ulla die Augen. Holger schüttelte den Kopf und schlug vor: „Dann fliegen wir am Dienstag, beerdigen am Mittwoch und am Donnerstag besuche ich noch einige VIPs in der Bank. Dann kannst du einkaufen oder alte Freunde treffen. Am Freitag fliegen wir zurück. Einverstanden?"

„Warum übernachten wir nicht bei meinen oder deinen Eltern?"

„In den alten Kinderzimmern oder im Wohnzimmer auf dem Sofa? Such uns lieber ein schönes Hotel aus."

„Oh ja, das sollten wir allerdings bald buchen. Ende August sind die Flieger und Hotels voll." Ulla erhoffte sich, wenn schon keine Wende, so doch noch etwas Aufschub.

Aber Holger erledigte die Reservierungen mit wenigen Mausklicken im Internet. Für Ulla viel zu schnell. Zu gerne hätte sie die Absage bei Sir Edward noch verzögert. Es fielen ihr nur keine Gründe mehr ein. Trocken schluckend verfolgte sie, wie Holger Sir Edwards Nummer wählte, als wäre es das Normalste der Welt. Mit ernster Stimme berichtete er, dass sie diesen Morgen vom tragischen Tod eines nahen Verwandten erfahren hatten. Nächste Woche müssten sie zur Beerdigung. Ulla sei zurzeit nicht in der Stimmung, sich weiter mit der Ausstellung zu beschäftigen.

Sir Edward drückte sein Beileid und Bedauern aus.

Anschließend kommentierte Holger gehässig: „Am meisten bedauert er sich vermutlich selbst."

Sein Strahlen bewies Ulla, wie ihn das Ende der Zusammenarbeit mit Sir Edward erleichterte. Und das nur, dachte sie enttäuscht, weil er meinte, mehr zu wissen. Ob er ihr tatsächlich die Adressen der Pariser Galeristen besorgte?

37.

Die Messingschiffsuhr glaste 12 Uhr, als Holger und Ulla den Sotogrande Ship Shop im Hafen betraten. An dem hinteren der beiden Schreibtische saß eine glutäugige Spanierin in enger Khakibluse. Holger schaute sich leicht verärgert um. Wagte der Seebär etwa, schon beim ersten Termin unpünktlich zu sein?

Die dunkle Schönheit sprach ihn an: „Sind Sie Holger Ahlsen?"

„Ja, ich habe einen Termin um 12 Uhr."

„Ich weiß, wir haben heute Morgen telefoniert."

Holger stutzte: „Ich dachte ich hätte mit einem Mann . . . Entschuldigen Sie . . ."

Sie unterbrach ihn: „Macht nichts. Passiert mir oft. Können wir beide nichts dafür. Ist ja nicht so schlimm, für einen Mann gehalten zu werden."

Ulla malte sich den umgekehrten Fall aus und konnte sich das Lachen kaum verkneifen.

Die Seebärin stellte sich als Isabel vor. Sie kannte Holgers Boot.

„Für das seltene Schmuckstück kann man einen hohen Preis erzielen, wenn man Zeit hat, oder es schnell billig weggeben", erklärte Isabel, „wie hätten Sie es denn gerne?"

„Mir wäre es am liebsten, es verschwände für immer aus Sotogrande. Damit ich nicht ständig dran erinnert werde."

„Wäre Marbella weit genug weg? Ich arbeite gelegentlich mit dem dortigen Ship Shop zusammen."

Isabel stand auf, umrundete den Schreibtisch und suchte im anderen Schreibtisch das passende Formular. Ulla belauerte ihren Mann, wie er genüsslich Isabels Beine begutachtete. Ihre knappen Khakishorts bedeckten wenig von ihren mandelbraunen Schenkel. Wie oft die sich wohl in der Woche rasierte, höhnte die Blonde.

Isabel füllte den Maklervertrag mit einem Kugelschreiber aus. Um Holger zu zeigen, wo er unterschreiben sollte, erhob sich die Aphrodite aus ihrem Stuhl und beugte sich weit vor. Die halboffene Bluse klaffte auf und gewährte einen tiefen Einblick auf ihre vollen Brüste. Die trägt bestimmt einen dieser aufbauschenden Wonderbra-Pushup-BHs, vermutete Ulla verächtlich. Von ihrem Platz neben Holger konnte sie nur ahnen, wie lüstern er stierte.

38.

Am Montagvormittag hielt Dave den zerknitterten Zettel mit der Überschrift ‚Ulla Allu' mit der linken Hand auf seinem Büroschreibtisch fest, um ihn mit der rechten Hand zu glätten. Als ob das Anstößige dieser Liste abstreifbar wäre.

Am Freitag hatte Dave gleich, nachdem Sir Edward gegangen war, begonnen, die Telefonnummern anzurufen. Aber der späte Freitagnachmittag erwies sich als falsche Zeit. Nach drei Fehlversuchen hatte er aufgegeben. Auch im Internet fand er nichts über Ulla Allu.

Am Wochenende hatte er zuhause im Internet ein Rückwärtssuchprogramm für Telefonnummern gefunden. Das Programm war allerdings aus Datenschutzgründen gesperrt. Komisch, in den alphabetisch sortierten Telefonbüchern kann jeder die gesuchte Nummer finden. Warum nicht umgekehrt? Zumal es mit Fleiß und Ausdauer in den normalen Telefonbüchern durchaus möglich wäre.

Heute am Montag tippte er einfach die Nummer ein, wartete bis sich jemand meldete, notierte den Namen hinter der Nummer und entschuldigte sich für die Störung. Es meldeten sich vorwiegend Galerien, die Taxenzentrale und mehrere Restaurants, alle in London. Zwei Nummern hatte er übersprungen. Sie begannen mit internationalen Vorwahlziffern. Dave verglich die Zahlenfolgen mit der auf Sir Edwards Visitenkarte. Eine der beiden war identisch und schied damit aus. Die andere unterschied sich nur in den letzten drei Stellen. Also auch ein Anschluss in Spanien. Dave schwitzte. Er atmete bewusst langsam und tief durch. Dabei legte er sich einige spanische Formulierungen zurecht. Falls es die Telefonnummer von Sir Edwards Putzfrau sein sollte, wäre die Aufregung umsonst, dachte er besorgt. Was für eine Blamage! Er hätte sich abtrocknen können. Sein rechtes Bein wippte unter dem Schreibtisch, als ob die Rolling Stones ‚Jumping Jack Flash' spielten.

Mit glühendem Ohr lauschte er auf das fremd klingende Knacken und Rauschen. Dann dudelte es drei lange Atemzüge. Dave hörte eine auffordernde Frauenstimme: „Digame!"

Diese übliche spanische Art, sich am Telefon zu melden, war in jeder Hinsicht typisch. Zum einen wurde die Aufforderung ‚Sprechen Sie zu mir!' mit nur einem Wort äußerst ökonomisch formuliert. Zum anderen meldete man sich dort nie mit Namen, genauso wie man ihn nicht an die Haustür oder auf die Briefkästen schrieb. Dieses Wissen war Dave auf seiner teuren Privatschule nicht gelehrt worden. Verwirrt reduzierte Dave seine vorbereiteten Sätze auf: „Ulla Allu, por favor."

Ulla erkannte den englischen Akzent sofort: „Sie können auch gerne englisch sprechen."

„Kennen Sie Ulla Allu?"

„Ja. Und wer sind Sie?"

„Über mich gleich mehr. Wissen Sie, wie ich mit Ulla Allu in Kontakt kommen kann?"

„Ja."

Erleichtert lehnte sich Dave zurück. Er witterte das nahe Ziel: „Mein Name ist Dave Watson. Ich muss dringend mit Ulla Allu sprechen."

„Das ist mein Künstlername. Worum geht es?"

Triumphierend ballte Dave die rechte Faust. Seine Aufregung verflog. Vorsichtshalber testete er sie: „Kennen Sie Golfer's Heaven?"

„Meinen Sie Sotogrande oder meine Kollage mit dem Regenbogen? Was soll das, Mr. Watson?"

Dave jubelte. Er hatte sie gefunden. Sie sprach fehlerfreies englisch mit deutschem Akzent. Dave preschte vor: „Hätten Sie Interesse, dass Ihre Bilder in einem Bildband veröffentlicht werden?"

„Kommt drauf an."

„Sind Sie vertraglich bereits gebunden?" Daves Herz raste. Wenn sie jetzt Sir Edward erwähnte, wäre alles für die Katz. Sein Boss wäre garantiert nicht bereit, irgendeine Kooperation mit Sir Beschieß einzugehen. Noch stand sie in seinem Dunstkreis.

„Es gibt keine Verträge und kein weiteres Verhör. Sagen Sie direkt, was Sie wollen und dann ist gut." Sie klang ungeduldig.

Dave hätte sie umarmen können. Jetzt kam für ihn das Heimspiel. Er skizzierte zunächst die GP Organisation. Dabei erwähnte er viele der namhaften Beteiligungen.

„Ach, das wusste ich gar nicht", entfuhr es Ulla einmal überrascht.

Dann beschrieb er ihr, seine Funktion und schließlich wie die weitere Zusammenarbeit aussehen könnte: „Mein Chef, Mr. Till de Winter, würde gerne einen Bildband mit Ihren Werken produzieren. Er würde dieses Projekt den passenden nationalen Gesellschaften anbieten. Wenn eine die Vermarktung übernimmt, entschuldigen Sie diesen Fischhändlerjargon, hängen sich meistens die Firmen der Gruppe in den anderen Ländern an den Erfolg."

„Weltweit?"

„Genau darum geht es GP. Wenn möglich auf allen Kontinenten." Dave wollte wieder konkret werden: „Ich muss gestehen, dass ich gar nicht weiß, wo ich Sie in Spanien erreicht habe."

„In Sotogrande, zwischen Gibraltar und Malaga. Morgen fliege ich für den Rest der Woche nach Hamburg."

„In Hamburg sind mehrere GP-Verlage beheimatet. An welchem Tag könnten Sie sich dort mit den Verantwortlichen treffen?"

„Donnerstag. Sie müssten mir heute noch Uhrzeit, Adresse und Namen faxen oder emailen? Wir fliegen morgen Vormittag."

Dave notierte noch ihre Faxnummer, verabschiedete sich und wetzte zu Carol. Sie wusste am besten, wo und wann der ewig reisende Chef erreichbar war.

39

Als Ulla den Telefonhörer auflegte, kniff sie sich zweifelnd dreimal in die Nasenspitze. Als ob es nicht wahr wäre. Um wieder in die Realität abzutauchen, zwang sie sich, die unterbrochene Reisevorbereitung fortzusetzen. Die Kleiderauswahl fiel ihr auch schon unter normalen Umständen nie leicht. Heute mit GP im Kopf schien es unmöglich. Ob Sir Edward dahinter steckte? Dieser Dave Watson hatte ihn nicht erwähnt, dafür aber ‚Golfer's Heaven'. Das konnte er nur von ihm haben. Hoffentlich erwies sich das nicht als schlechtes Omen.

Zweieinhalb Stunden später kündigte das leise Quietschen der Gummiwalzen des Faxgerätes den Eingang einer Übertragung an. Mit pochendem Herzen eilte Ulla zum Gerät. Tatsächlich! Stetig tuckernd schob sich Zeile für Zeile das Papier aus dem Schlitz. Es schien den Rest des Tages zu dauern. Endlich fiel die Seite in den Auffangkorb. Ulla hielt den Atem an, als sie danach griff. Auf GP-Briefpapier bestätigte Dave Watson das Telefonat und bat sie, am Donnerstag um 11 Uhr zum Mirador Verlag ins Chilehaus in Hamburg zu kommen.

Wie Tina Turner auf der Bühne rockte Ulla mit dem Fax in der Hand durchs Haus. Maria, die Putzfrau, bekreuzigte sich, als sie ihren Auftritt mitbekam. Auf der Terrasse verschnaufte Ulla und las den Text noch dreimal. Dann schritt sie zum Telefon, um Holger zu informieren. Allein schon, damit er wegen der versprochenen Adressen in Paris keine Zeit verlöre, rechtfertigte sie sich.
„Das ist phantastisch! Weißt du, dass GP die allergrößten sind?" jubelte er spontan.
„Wenn du das sagst, wird es stimmen. Dave Watson hatte das auch behauptet."
„Ulla, ich freu mich so für dich. Gestern noch die herbe Absage und jetzt so was."
„Das wird eine zwiespältige Reise. Am Mittwoch zur Beerdigung und am Donnerstag zum Mirador Verlag. Keine besonders günstige Aura"
Holger lachte nur.

Noch beunruhigender fand sie die Vorstellung, dass Holger, während sie den GP Verlag besuchte, in der Bank in Hamburg seine Versetzung einfädelte. Sie müssten sich unbedingt aussprechen. So ging das nicht weiter. Spätestens nach der Beerdigung. Was für bedrückende Umstände!

40.

Am späten Dienstagvormittag stellten sich Ulla und Holger an das Ende ihrer Warteschlange in der Abflughalle in Malaga. Natürlich mal wieder die längste. Neidisch verglich Ulla die parallelen Wartereihen für andere Flüge. Die Gebräunten schoben Kofferberge auf Rollwagen alle paar Minuten einige Zentimeter Richtung Schalter. Warum schleppten die soviel mit sich? Wollten die auswandern? Ulla und Holger reisten seit Jahren bequem mit zwei leichten Reisetaschen. Besonders bedauerten sie die Golfer mit ihrem monströsen Schlägersäcken.

Ulla begutachtete jedes Gesicht der Mitreisenden, um potentielle Flugzeugentführer frühzeitig zu erkennen. Heute entdeckte sie zum Glück keine finsteren Bartmänner. Aber drohte nicht gerade von den scheinbar Harmlosen noch größere Gefahr? Der Flug verlief dennoch ohne Probleme.

In Hamburg blies ihnen der Wind die Haare durcheinander, als sie die wenigen Schritte aus der Ankunftshalle zu den Taxen stürmten. Der bewölkte Himmel trübte alles glanzlos. Stellenweise verdunsteten noch Pfützen.

Der Türsteher vor dem Intercontinental Hotel an der Alster kostümierte sich immer noch mit einer Paradeuniform. Ulla kannte das Hotel nur von außen und wunderte sich über die stilistische Diskrepanz. Von außen das Schlichteste der siebziger Jahre Betonbaukunst und von innen plüschig mit verschnörkelten Wandleuchterchen in den Gängen. Wer entschied so etwas? Vom Zimmer konnten sie auf die Außenalster blicken. Bei dem Wind flitzten die Segelboote über den zum See aufgestauten Fluss.

Viel Zeit blieb ihnen nicht. Sie hängten geschwind die Kleidung in den Wandschrank. Um 18:30 sollten sie bereits bei Ullas Eltern zum Abendessen eintreffen. Was für eine ungewohnte Essenszeit! In ihrer neuen Heimat aß man abends nie vor 21:30 Uhr, oft auch eine Stunde später. Obwohl sie deshalb noch keinen Hunger spürten, freuten sie sich schon auf das Essen. Ulla hatte sich Bratkartoffeln und Schweinskopfsülze gewünscht. Bratkartoffeln briet Mama besser als sie. Die Sülze in Spanien schmeckte ihnen nicht. Dementsprechend lechzten die Auswanderer nach dieser lang entbehrten Spezialität der kalten Heimat.

Ulla roch die Brutzelei schon im Treppenhaus. Als die Wohnungstür geöffnet wurde, verschlug ihnen die Dunstwolke den Atem. Sie begrüßten sich mit herzlichem Umhalten. Olaf und Gitta waren schon eingetroffen. Ullas Mutter war ergraut. Ihr Vater war geschrumpft. Olafs rote Backen verrieten, dass er schon einige Biere getrunken hatte. Gitta wirkte tranig und trübe. Das verbarg weder Augenbemalung noch färbendes Puder. Zu viele Tränen, dachte Ulla mitfühlend.

So eng hatte sie die Wohnung, in der sie aufgewachsen war, nicht in Erinnerung. Sechs Erwachsene konnten sich nicht gleichzeitig im Flur begrüßen. Im Wohnzimmer belegte zurzeit den meisten Platz der Esstisch. Er war mit einer Einlegeplatte verlängert und von der Wand in die Mitte geschoben worden. So passten sechs Stühle ringsherum.

Während des Essens erzählten alle aufgeregt durcheinander, was sie mit den Leuten von Presse, Funk und Fernsehen erlebt hatten. Diesen Rummel der Medien hatten Ulla und Holger in Andalusien nicht mitbekommen. Den Hamburgern wurde bewusst, wie regional über die scheinbar weltbewegenden Tragödien berichtet wurde. Ullas Vater ereiferte sich: „Statt uns zu belästigen, sollten die lieber helfen, das Sittenschwein zu fassen."
„Was sagt denn die Polizei", fragte Holger.
„Ach, die Lahmärsche tappen völlig im Dunklen. Verfolgen angeblich Hinweise aus der Bevölkerung", schimpfte Olaf.
Sie tranken Bier zu dem deftigen Essen. Als Tribut für den ‚feinen Jungen', so wurde Holger von ihnen heimlich genannt, tischten sie auch Roastbeefscheiben auf.

Übervöllt saßen sie anschließend um den Couchtisch herum und tranken weiterhin Bier. Einmal schlich sich Ulla in die Kinderzimmer. Ihr an sich unverändertes Zimmerchen war mit ausrangiertem Hausrat zugemüllt. Olafs Reich war wenigstens noch begehbar. Der hatte ja auch erst vor zwei Wochen hier für ein paar Tage gewohnt.

Als Ulla sich wieder zu ihnen setzte, musste sie ihnen zum hundertsten Mal bestätigen, dass es in Sotogrande im Sommer nie regnet und im Winter nie schneit. Holger, der Nüchternste, erkundigte sich nach dem genauen Ablauf der morgigen Trauerfeier.

Später im Hotelzimmer schnüffelte Ulla kritisch. Ihre Kleidung stank nach Bratkartoffeln: „Als ob die mit in der Pfanne gedünstet worden wäre."
„Sogar meine Socken", entrüstete sich Holger angewidert.
Sie stopften alles in die große Plastiktüte der Hotelwäscherei und lagerten sie versiegelt auf dem Balkon.

41.

Als Ulla und Holger am nächsten Vormittag bei der Friedhofskapelle eintrafen, standen Gitta und Olaf mit einem Fremden vor dem überdachten Eingang, um die Gäste zu begrüßen und Beileid entgegen zu nehmen. Ulla hätte gerne über ihren Bruder im schwarzen Anzug gelästert. Sie kannte ihn nur in Jeans oder Blaumann. Jetzt sah er makaber kostümiert aus. Der Fremde trug ebenfalls einen schwarzen Anzug. Allerdings glänzte seiner an Knien und Ellenbogen. Seine Statur kam einem Fleischhaufen nahe. Mit Pipsstimme stellte er sich flüsternd als der Beerdigungsunternehmer vor. Er wies sie an, sich auf die Seitenplätze der ersten Reihe zu setzen. In der Kapelle saßen die Trauergäste dicht an dicht, darunter viele Jugendliche. Aus Silvias Schule, vermutete Ulla. Die nutzten sicher die Chance, offiziell Unterricht zu schwänzen.

Der evangelische Pastor mit seinem schwarzen Umhang und der übergroßen, weißen Halskrause enttäuschte sie. Der Weißhaarige wirkte in dieser Tracht weltfremd. Unter dem bodenlangen Umhang hätte er zwei Chorknaben verbergen können. Der bauschige Halsschmuck erinnerte Ulla an eine Bierreklame. Deshalb befürchtete sie die ganze Zeit, dass er gleich einen Bierhumpen unter dem Rednerpult hervorzauberte, der Gemeinde zu prostete und Silvia allzeit gesegnete Ruhe wünschte. Es nahm ihm die Würde.

Auf dem Weg zur Grabstätte warteten die Reporter. Die Lichtverhältnisse waren mit ihnen, stellte die Fotografin fest. Eine dünne Wolkenschicht verschleierte die Sonne ohne zu verdunkeln. Absurd viele Kameras fotografierten und filmten Silvias letzten Abgang. Gitta weinte. Olaf stützte sie.

Jetzt entdeckte Ulla Holgers Eltern. Sie hatten sich zu ihren Eltern gesellt. Das Begräbnis vereinte sie nach Jahren zum ersten Mal wieder. Einer von den Vieren würde wohl der nächste sein. Warum musste Silvia, die jüngste der beiden Familien, die erste sein? Wurde jetzt alles auf den Kopf gestellt? So wie Holgers Boot?

Holger und Ulla begrüßten die Eltern mit stillen Umarmungen. Auf dem Weg zum Ausgang des Kirchhofs bedankte Holger sich noch mal bei seinen Schwiegereltern für das Abendessen. Ulla bestätigte den Termin mit ihrer Schwiegermutter für das heutige Abendbrot bei Holgers Eltern.
„Ich habe dem Jungen seinen Lieblingssalat besorgt, Büsumer Nordseekrabben", verriet sie ihrer Schwiegertochter flüsternd.

Im Hotel wechselten sie flink die Trauergarderobe in sommerliche Freizeitkleidung. Draußen überquerten sie die Straße zwischen dem Hotel und der Alster und spazierten auf dem Sandweg am Ufer zu den Alsterwiesen. Auf der Terrasse des Restaurants beim Bootsanleger fanden sie einen freien Tisch mit Seeblick. Sie fühlten sich wie im Urlaub. Der Kellner wies sie daraufhin, dass die Küche gerade schließe und er keine Mittagessenbestellungen mehr annehme.
„Ab wann dürfen wir Kaffee und Kuchen bestellen?" erkundigte Holger sich mit ernstem Gesicht. Ulla verschob ihr Lachen.

Genüsslich löffelten sie die Lübecker Marzipantorte und die Schwarzwälder Kirschtorte und beobachteten die anderen Gäste. Ulla hatte den Eindruck, dass sie in einem Singletreffpunkt gelandet waren. Ständig kamen und gingen frisch Gestylte. Handys piepten im Kanon. Mit lautem Hallo und reichlich Küsschen verschafften sich einige zusätzlich Aufmerksamkeit. Als ob sie Szenen gängiger TV-Serien nachspielten.

Noch mehr störten Ulla die Enge und die Massen. Das hatte sie ganz vergessen. Es gefiel ihr nicht. In Sotogrande standen die paar Tische auf der Terrasse der Hafenbar und des Golfclubs weit auseinander. Selbst an diesen relativ bevölkerten Orten gab es nie Gedränge. Die meisten kannte man, mindestens vom Sehen. Handys wurden vorwiegend von Klempnern und Elektrikern benutzt.

In Hamburg zerriss die Wolkenschicht. Durch Sonnenschein wurde die Stadt attraktiv, an der Alster zum Verlieben. Bald wanderten Ulla und Holger Hand in Hand wieder auf der Alsterwiese. Die diente hauptsächlich den Hundehaltern als Toilette. Dementsprechend vorsichtig prüften sie den Boden vor jedem Schritt. „Man muss nur gut aufpassen. Dann ist es gar nicht so schlimm", ermutigte Ulla grinsend ihren besorgten Mann.

Am japanischen Teich setzten sie sich auf eine Holzbank. Verliebt rutschte Holger so dicht an Ulla, dass sie sich an den Schultern und Armen berührten. Ulla seufzte glücklich. Ein Schwanenpaar glitt über den Teich.
„Ich bin schon so aufgeregt, wegen morgen", schnurrte Ulla.
„Was ist denn deine größte Sorge?"
Frech, dass er ihr wie selbstverständlich Sorgen unterstellte, mokierte Ulla sich im Stillen. „Ich mag es dir gar nicht sagen", Ulla knispelte mit den Lippen, „aber ich habe Angst, du fädelst morgen unser Ende in Sotogrande ein."
„Wäre es dir lieber, ich bliebe die nächsten zwanzig Jahre Niederlassungsleiter auf Gibraltar?" Holger sprach schleppend. Ulla kannte das. Dann war er hoch konzentriert. Ulla wusste, wie viel ihm seine Arbeit und besonders Erfolge bedeuteten. Das Wie und Wo spielte nur eine untergeordnete Rolle. Ulla versuchte es trotzdem noch mal: „Dir gefällt es doch auch, so wie wir jetzt in Sotogrande leben. Wie wollen wir das je toppen?"
„Es ist nur so, dass in ein bis zwei Jahren der Zug abgefahren ist, mit dem ich vom Abstellgleis Gibraltar nach oben käme. Ich befürchte, dass irgendwann der Tag kommt, an dem es mir dort keinen Spaß mehr machen könnte."
„Wäre es nicht auch ein beachtlicher Erfolg, wenn du jedes Jahr den Gewinn deiner Niederlassung steigerst? Wie drückt ihr das heutzutage aus? Jährlich mit zweistelligen Prozentsätzen wachsen."
Holger schaute ihr lange in die Augen. Seine tiefe Denkfalte verriet Ulla, wie ernsthaft er ihren Gedanken prüfte.
Ulla strahlte ihn aufmunternd an und schwärmte: „Das würde außer dir kaum einer schaffen."
Holger beschnupperte diese Idee wie ein Hund einen neuen Knochen. Noch versunken murmelte er mehr für sich: „Das wäre nicht leicht. Ich müsste viel in der Welt umherreisen."
„Na, großer Häuptling? Ist das etwa kein ehrenvolles Ziel?"

„Wirf mir aber nicht in zehn Jahren verächtlich vor, karrieremäßig stehen geblieben zu sein."

„Mensch Holger, ich liebe dich und nicht deine Position oder Titel." Sie umarmten sich. Holger beugte sich über sie. Ihre Lippen suchten und fanden sich zu einem besiegelnden Dauerkuss. Ullas Herz hüpfte vor Glück. Atemlos lehnten sie sich verträumt zurück.

Minuten später brach Holger das Schweigen: „Komisch, als du sagtest, du seiest schon so aufgeregt wegen morgen, dachte ich, es wäre wegen GP Mirador."

„Das stimmt auch. Aber du fragtest ja nach meiner größten Sorge. Wegen des Verlags bin ich nur gespannt. Ach, wenn man nur wüsste, wie alles kommt. Dann hätte man, glaube ich, ein ruhigeres Leben."

Holger schnaubt verächtlich: „Das Wissen um die Zukunft macht einen unfrei. Das haben wir selbst erlebt. Es hält einen obendrein davon ab, die Zukunft selbst aktiv zu gestalten. Darin liegt meiner Ansicht nach der größere Segen für sich und die anderen. Um die Zukunft selbst zu gestalten, muss man wissen, was man will, und was geht. Das heißt, man muss realistisch sein."

„Bei GP weiß ich leider beides nicht", stöhnte Ulla.

„Das würde ich nicht sagen. Du hast mir erst am Sonntag deine Favoritenstädte aufgezählt. Paris, New York, London, in dieser Reihenfolge."

„Da wusste ich noch nichts vom Mirador Verlag."

„GP könnte daran nur etwas ändern, wenn sie dir bewiesen, dass deine Vorstellung falsch ist. Denk dran, die wollen dir keinen Gefallen tun, sondern mit deinen Fotos Geld verdienen. Ohne dich wird das nichts. Deshalb bestimmst du die Regeln auch mit."

42.

Am Donnerstagmorgen betrat Holger nach sechs Jahren zum ersten Mal wieder das Hamburger Büro. Schon im Empfang fiel ihm die erste Veränderung auf. Statt der freundlichen Frau Zabel, die ihn zwanzig Jahre mit Namen begrüßt hatte, versperrte ihn ein misstrauisch stierender Nahkämpfer eines Sicherheitsdienstes den Weg. Der Uniformierte ließ ihn nicht passieren. Deponierten die jetzt die Bargeldreserven im Büro?

Die Sekretärin der Personalabteilung holte Holger ab. Er erkannte die Verhärmte sofort wieder. Ihr Name war ihm leider entfallen. Er war erst in zwei Stunden mit dem Personalchef verabredet. Vorher wollte er alte Kollegen besuchen. Die Abholerin erinnerte sich an ihn und fand das zum Glück ganz reizend.

Holger wanderte durch die Gänge, las die Türschilder und überraschte die alten Mitstreiter. Ein Drittel der Namen kannte er nicht. Auch die Raumaufteilung hatte sich geändert. Gleichwohl gab es häufig das große Hallo. Er wurde zu unzähligen Tassen Kaffee eingeladen.

Eines hatte sich nicht geändert. Wie früher trauerten viele der guten alten Zeit nach. Damals lief alles nicht so hektisch. Es gab mehr Leute für weniger Arbeit. Heute wurde erstmal gekündigt und dann gehofft, dass sich die Arbeit irgendwie schon erledigen würde. Mehrmals wurde angedeutet, dass in letzter Zeit sogar teure handwerkliche Fehler aufgetreten seien. So etwas hätte es früher mit den erfahrenen Mitarbeitern nie gegeben. Am liebsten wurden heute Aushilfskräfte mit halbstündiger Kündigungsfrist beschäftigt. Der Aktienkurs galt mehr als Kundenzufriedenheit und Mitarbeitertreue. Als ob das Eine ohne das Andere ginge.

43.

Eine Minute vor 11 Uhr stand Ulla im Empfang des Mirador Verlags im Chilehaus. Ihre Mappe klemmte unterm linken Arm. Das schrille Modepüppchen am leeren Empfangstisch musterte Ulla.
Ulla säuselte: „Mein Name ist Ahlsen. Ich bin mit Mr. Watson verabredet."
Stirn runzelnd erwiderte die lila Gesträhnte: „Einen Mr. Watson gibt es bei uns nicht."
„Komisch, ich habe einen Termin mit ihm um 11 Uhr beim Mirador Verlag." Ulla schnürte verunsichert ihre Mappe auf, um ihr das Fax zu zeigen.
Beim Lesen glättete sich die Stirn: „Ach Frau Ulla Allu, alles klar. Ich sag Frau Dr. Quast Bescheid." Sie meldete telefonisch Ullas Ankunft und erhielt offensichtlich Anweisungen. Freundlicher wandte sie sich an Ulla: „Dave Watson ist noch nicht eingetroffen. Sein Flug scheint sich zu

verspäten. Frau Dr. Quast bittet Sie, im Besprechungszimmer zu warten."
Sie stand auf, stöckelte um den Tisch herum, um Ulla dorthin zu führen.
Ulla besann sich auf Holgers Rat ,du bestimmst die Regeln'. Bemüht locker
erklärte Ulla: „Ach lassen Sie mal. Ich gehe solange in mein
Lieblingsantiquariat gleich um die Ecke. Dort können Sie mich anrufen,
wenn Mr. Watson so weit ist."
Fräulein Wichtig schnappte nach Luft und fragte nach der
Telefonnummer.
„Paul Hennings, steht im Telefonbuch." Doch dann durchwühlte Ulla ihre
Handtasche, fand Robert Gernhardts urkomische Anekdotensammlung,
die sie immer als Notlesestoff dabei hatte, zog das schmale Paul Hennings
Lesezeichen heraus und diktierte die Rufnummer.

Auf dem Weg zum Bücherantiquariat schalt sich Ulla, dass sie sich als Frau
Ahlsen vorgestellt hatte. Ihren Künstlernamen Ulla Allu hatte sie bis heute
nur geschrieben. Sie erinnerte sich, dass Dave Watson sie so angesprochen
hatte. Kannten die ihren richtigen Namen gar nicht?

In den beiden Schaufenstern des Buchhändlers drängten sich nach wie vor
Prachtbände. Das sollte Interessenten nicht nur anlocken sondern auch
vorwarnen. Der Laden war noch überladener. Die Regale reichten von der
Decke bis zum Boden. Freie Wände sah man nirgends. Kein Reclamheft
hätte mehr Platz gefunden. Dennoch blockierten meistens stabile Kartons
mit Nachschub den ohnehin beschränkten Platz für die Kundschaft. Unter
der Glasplatte des Ladentisches lagen Bücher aus. Selbst das schmale
Taschenabsetzbrett vor dem Ladentisch diente überwiegend der
Buchablage. Aber der so genannte Romankeller übertraf selbst das noch.
Der garantierte den Bücherliebhabern den Vollrausch. Hier standen die
splittrigen Holzregale so eng, dass Ulla sich nur mit Jeans und alten
Pullovern traute, in diese Schatzkammer vorzudringen. Doch dorthin
wagte sich Ulla mit ihrem anthrazitfarbenen Leinenzweiteiler heute nicht.
Außerdem wollte sie in der Nähe des Telefons bleiben. Gleich links neben
der schmalen Eingangstür blätterte sie in preisreduzierten Bildbänden.
Jedes Mal, wenn das Telefon klingelte, lauerte sie erwartungsvoll. So stellte
sich natürlich nicht der erhoffte Genuss dieses Ladenbesuchs ein. Früher
war sie oft in der Mittagspause von dem nahe gelegenen Fotogeschäft
hierher geeilt. Sie genoss die anregende Atmosphäre. Meistens kehrte sie
entspannt zurück. Ursprünglich hatte sie sich vorgenommen, nach dem
Treffen im Verlag hier reinzuschauen und ihr Fotogeschäft zu besuchen.

Wieder unterbrach das Telefongeläut das Durchblättern. Ein unfrisierter Bartmann, den Ulla schon vor Jahrzehnten heimlich Rasputin getauft hatte, rief laut in den Laden: „Ist Frau Ulla Allu hier?"
„Das bin ich", meldete sie sich errötend und trat an den Ladentisch. Rasputin schien wie immer genervt, als er ihr den Hörer reichte.

Als Ulla aus dem Fahrstuhl trat, zeigte ihre Armbanduhr 11 Uhr 55 an. Im Besprechungsraum des Mirador Verlags begrüßten sie Frau Dr. Quast, eine männlich frisierte und verkleidete Schrulle, und Dave Watson, ein blendend aussehendes Bürschchen. Sie schätzte ihn auf höchstens Ende zwanzig und sie auf mindestens Anfang vierzig.

Dave bedauerte seine Verspätung. Er sprach deutsch mit englischem Akzent.
„Ich habe das Beste draus gemacht", zitierte Ulla ihren Mann.
Frau Dr. Quast stellte sich als gegebenenfalls zuständige Projektmanagerin vor. Sie setzte sich an die Stirnseite des Konferenztisches, Ulla links und Dave rechts daneben. Gehetzt bat sie Ulla um die mitgebrachten Fotos. Als ob ihr die Zeit gestohlen würde. Jagte die immer so durchs Leben? Rasch öffnete Ulla die schwarze Mappe und reichte ihr gleich den vollständigen Stapel. So konnte sie das Blättertempo selbst bestimmen. Die Reihenfolge hatte sich Ulla genau überlegt. Die Eilige ergriff das erste Foto. Sie konzentrierte ihren Blick und verharrte. Als ob sie las, wunderte sich Ulla. Dann gab sie es an Dave weiter und widmete sich ebenso ausgiebig dem nächsten. Ulla beobachtete sie mit pochendem Herzen. Sie spürte Schweiß in den Armbeugen. Hoffentlich nässte sie nicht die Bluse durch. Die Männliche verriet mit keiner Miene ihr Urteil. Das enttäuschte Ulla zunächst. Dann faszinierte sie dieser Scheinautismus. Wie verkrampft musste man sein, um sich so zu beherrschen? Nur bei einem Foto schmunzelte sie verhohlen. Das Schwarzweißbild stammte aus der Geldserie. Es zeigte die extreme Nahaufnahme vier unterschiedlich hoher Stapel mit 5 DM Münzen. Auf dem Rand dieser großen Silbermünzen waren außen die hehren Ziele der deutschen Nationalhymne geprägt: ‚Einigkeit und Recht und Freiheit'. Die Münzen der Stapel waren so angeordnet und ausgeleuchtet, dass bei jeder Münze nur ein Buchstabe lesbar war. Die Buchstaben der Stapel bildeten Wörter. So erfuhr der aufmerksame Betrachter:

```
              R
    R         E         N
    E         I         I
N   I         C         C
U   C         H         H
R   H         T         T
```

Für den Schnellgucker überraschte das ästhetische Foto durch den extremen Makroeffekt. Inzwischen einigte Deutschland sich bereits über zehn Jahre lang. Die Münzen waren längst zum Euro umgeschmolzen worden.

44.

Das Mittagessen mit dem Personalchef fand nicht mehr in einem der bankeigenen Kasinoräume statt. Früher hatte es Holger genossen, mit Kunden oder hochrangigen Vorgesetzten in einem der fünf unterschiedlich großen Esszimmer zu tafeln. In jedem der Räume gab es nur einen Tisch mit vier bis zwölf Stühlen. Die Aussicht auf die Binnenalster faszinierte alle. Die Küche beglückte Gourmets. Vor zwei Jahren war dieser Luxus zusammen mit hundert Arbeitsplätzen gestrichen worden.

Der Personalchef war gut zehn Jahre älter als Holger. Er kannte Holger schon als Lehrling. Seit dem Studium pflegte Holger den Kontakt zu dem stets Neugierigen. Nicht zu oft, um nicht zu nerven, aber alle zwei Jahre bestimmt. Der Gesellige schien sich wirklich über Holgers Besuch zu freuen. Sie schritten zu einem französischen Bistro zwei Blocks weiter. Die antiken Kacheln der ehemaligen Schlachterei hatte man an den Wänden gelassen. Das originelle Design erfreute die Augen und strapazierte die Ohren. Die Gäste saßen eng gepresst an winzigen Zweiertischchen. Die schmalen Abstände dazwischen garantierten Körperkontakt beim Durchquetschen. Für die Verständigung konnte man wählen zwischen brüllen oder vertraulichem Mund-Ohr-Kontakt. Dass so viele das trotzdem auf sich nahmen, ließ Holger hoffen, dass die Gerichte schmackhaft und preiswert sein würden.

Die Speisekarte hing als schwarze Schiefertafel hinter der Theke. Mit weißer Kreide wurden eine Handvoll französischer Leckereien angeboten.

Eine war schon durchgestrichen. Sie entschieden sich für den sommerlichen Salatteller mit Paté. Mehr hätte Holger nach der Völlerei der letzten beiden Abende auch nicht essen mögen. Sie saßen sich gegenüber. Holger mit dem Rücken zur Wand. Zum Sprechen beugten sie sich so weit vor, als ob sie sich küssen wollten.

„Herr Ahlsen, ist Ihnen heute Vormittag im Büro etwas aufgefallen? Sie haben den Vorteil der Distanz. Man selbst sieht vieles nicht mehr, wenn man täglich so dicht dran ist."

Holger grinste: „Wenn man jemand nach einigen Jahren wieder trifft, erinnert man sich automatisch an die gemeinsame Vergangenheit. Die vergleicht man dann mit den heutigen Zuständen. Dabei schneidet für viele die Vergangenheit besser ab, weil vorwiegend Positives verklärt in Erinnerung bleibt und aktuelle Probleme belasten. So auch hier. Es wurde über die Rationalisierung gemeckert und die alte Geborgenheit vermisst. Aber das ist nichts Neues. Das war wohl schon immer so. Sollte auch so sein. Mich beruhigte es jedenfalls."

„Wie sieht es denn bei Ihnen aus? Halten Sie es noch aus in der Fremde?"

„Alles bestens. Meine Frau fühlt sich dort so wohl wie nirgends zuvor."

„Was fesselt Ihre Frau so an Gibraltar?"

„Gibraltar können Sie vergessen. Das ist wirklich nur ein nackter Felsen im Meer mit einer Einkaufsstraße. Wie auf Helgoland gibt es billige T-Shirt-Läden zwischen den Tabak- und Schnapsbuden. Nein, wir wohnen in Sotogrande, zirka fünfzehn Kilometer entfernt. Das ist das wahre Paradies."

„Dann spricht sie inzwischen wahrscheinlich fließend Spanisch."

„Als wir ankamen, hielten wir einige der Engländer für sträflich borniert, wenn sie gestanden, nach fünfzehn Jahren in Sotogrande kaum Spanisch zu beherrschen. Inzwischen wissen wir, warum. In Sotogrande sprechen nur die Handwerker und das Supermarktpersonal spanisch. Ein Kontakt mit gebildeteren Spaniern findet nicht statt. Höchstens auf Honorarbasis wie mit Anwälten oder Ärzten. Und falls doch einmal, dann sprechen diese Spanier meistens besser englisch als wir spanisch."

„Und was ist mit Ihnen? Wollen Sie auch dort bleiben?"

„Ich selbst kann es mir, ehrlich gesagt, schwerlich vorstellen. Sie wissen, bislang hatte ich alle paar Jahre eine neue Aufgabe."

„Und nun wollen Sie zwar nicht fort, sind aber an die lokale Karrieredecke gestoßen."

„Sie scheinen das Phänomen zu kennen."

Er zuckte resigniert die Schultern: „Daran hatte ich persönlich genauso zu knacken. Um im Personalbereich weiterzukommen, wäre der Umzug nach Frankfurt unumgänglich gewesen. Meine Frau und die damals noch schulpflichtigen Kinder legten ihr Veto ein."

Das hatte Holger nicht gewusst: „Was raten Sie mir?"

Er schien zu überlegen, dann empfahl er: „Machen Sie das Beste aus dem, was Sie haben. Ihre Niederlassung läuft gut, wie ich gehört habe. Seien Sie froh, dass Ihre Frau dort fußgefasst hat. Oft genug habe ich den umgekehrten Fall erlebt. Die Frauen halten es nicht aus und wollen zurück. Früher oder später laufen dann auch die Geschäfte schlecht."

Holger nickte dankbar.

45.

Als Ulla sah, dass Frau Dr. Quast das letzte Bild an Dave gab, stockte ihr Atem vor Spannung. Ihr Herz hämmerte. Die Begutachterin lehnte sich erschöpft zurück, starrte blicklos an die Decke und räusperte sich. Dann schaute die Stumme die Verschwitzte an und urteilte: „Daraus läßt sich was machen. Endlich mal farbige Fotokunst. Endlich mal nicht der gängige Akademiestil. Glückwunsch, Frau Allu."

Damit hatte Ulla nun gar nicht gerechnet. Sie spürte Glückstränen aufsteigen. Mühsam gelang es ihr, sie einzudeichen. Sie hatte bisher mit Frauen häufig schlechte Erfahrungen gemacht. Warum verhielten die sich meistens so zickig und oft sogar gemein? Bei Männern passierte ihr das fast nie.

Ulla fiel auf, wie sich Dave zurücksetzte. Hatte der die ganze Zeit auf der Stuhlkante gehockt? Die Gehetzte wirkt nun auch entspannter. Sie bot an, belegte Brötchen kommen zu lassen, damit sie keine Zeit durch Essengehen verlören. Keiner erhob Einwände.

Bei der folgenden Diskussion wurde Ulla wieder bewusst, in welchem Umfang die Juristen bereits die Welt beherrschten. Es ging nicht mehr um ihre Bilder, sondern nur noch darum, wer welche Rechte an ihnen hatte. Ob Ulla irgendwem irgendwelche Zusagen oder Versprechungen gemacht hatte. Da sie wiederholt gefragt wurde, schienen die Verlagstypen ihr nicht zu glauben. Wie ein Inquisitor verhörte Dave sie im besten Goethe-Deutsch: „Und wie halten Sie es mit Sir Edward?"

Ulla hatte es geahnt. Der Sir steckte doch hinter dieser Verbindung. Warum hatte er dann aber GP nicht erwähnt? Wollte der sie etwa tatsächlich betrügen?

Sag einfach, wie es ist, hatte Holger ihr schon oft geraten, wenn sie sich kunstvolle Lügengeschichten ausdenken wollte. „Vor kurzem schenkte ich Sir Edward, einem Nachbarn, einen DIN A4 Abzug von ‚Golfer's Heaven'. Daraufhin präsentierte er diese Mustermappe verschiedenen Galeristen in London. Letztes Wochenende habe ich eine für November angebotene Ausstellung abgesagt."
Daves Gesicht bekam weichere Züge. Dr. Quast insistierte weiter: „Welche Forderungen wird Sir Edward stellen, wenn wir ins Geschäft kommen sollten?"
„Er hat mit mir nie über einen Bildband gesprochen. Wir haben überhaupt nie über Geschäftliches verhandelt. Welche Beziehungen bestehen denn auf Ihrer Seite zu Sir Edward?"
„Gar keine", erwiderte Dave so hastig und verkrampft, dass Ulla Zweifel kamen. Das bewies ihr, wie viel entspannter es sich, ohne zu lügen, lebt.

Das Empfangspüppchen stellte ein Tablett mit belegten Brötchen, verschiedenen Getränkedosen, Gläsern und Servietten auf den Besprechungstisch. Ulla erkannte, dass sie das Essen mit den Fingern anfassen musste und erkundigte sich, wo sie sich die Hände waschen konnte.

Als sie in den Konferenzraum zurückkehrte, saß Dave alleine dort. Er beendete gerade ein Telefonat. Die Projektmanagerin gesellte sich auch bald wieder zu ihnen. Während sie aßen, befragte sie Ulla nach ihrem Lebenslauf.
Verlegen griente Ulla: „Viel Lebenslauf habe ich nicht zu bieten. Abitur, Fotografenlehre und drei Ausstellungen. Das ist bei Ihnen beiden sicher imposanter."
„Kommt drauf an. Ich habe noch nie etwas Veröffentlichungswürdiges kreiert", lachend fügte Dave hinzu, „wenn ich an meine Urlaubsfotos denke, ist damit auch nicht zu rechnen."

Nach dem Essen entfettete Ulla sich notdürftig die Fingerspitzen mit den fipsigen Papierservietten. Sie hätte sich gerne wieder die Hände mit heißem

Wasser und Seife gewaschen, befürchte aber, für eine Reinlichkeitshysterikerin gehalten zu werden.

Frau Dr. Quast fasste zusammen: „Für einen Bildband könnten wir also die Veröffentlichungsrechte der Fotos direkt von Ihnen erwerben. Dann müssen wir nur noch einen Autor für den Text finden."
„Was für einen Text denn?", entfuhr es Ulla spontan.
„Na das Übliche: Einleitung und kommentierende Reflexionen."
„Das will ich nicht."
„Das ist unser bewährter Stil."
„Jemand schreibt einen schnöden Text und schmückt ihn mit meinen Bildern? Das kommt nicht in Frage."
„Kennen Sie denn die Mirador Bildbände überhaupt?" Ihre Stimme klang spitz.
„Ich kenne gute, bei denen kann ich mich an gar keinen Text erinnern. Und entsinne mich an weniger gute, bei denen die mangelnde Qualität durch seitenlangen Text kompensiert werden sollte." Ulla hoffte, dass sie nicht zu heftig aufbrauste.
Verkrampft lächelnd konterte die Verlagsangestellte: „Bei unseren Produkten gewinnen die Bilder durch die Worte."
„Womöglich als separate Blöcke vorweg und hinterher. Da tut es mir um das Papier Leid. Das liest kein Mensch."
„Wie stellen Sie sich das denn vor?", fauchte sie.
„Nur den Titel unter dem Foto. Eventuell ein oder zwei Sätze zur Erklärung, falls die Geschichte des Bildes im verkleinerten Druck schwer erkennbar sein sollte."
„Das wird bei vielen Ihrer Montagen in der Tat das Problem sein."
„Meine Werke sind als Großfotos für die Wand konzipiert. Dali hat auch nicht für Taschenbücher gemalt."
Frau Dr. Quast wackelte zickig mit dem Kopf und schnaubte verächtlich aus.

46.

Am Nachmittag schlenderte Holger von der Global Bank Richtung Elbe zu seinen Lieblingsläden, drei Bootsausstattern. Hier hatte er früher in mancher Mittagspause in Eile Teile für sein Boot besorgt. Heute brauchte er nichts, hatte aber reichlich Zeit. So ungerecht kann das Leben sein, philosophierte er gut gelaunt. Beim Verlassen des dritten Geschäfts traf er Jürgen, seinen Freund aus der Sandkiste. Die beiden Segler schüttelten sich kräftig die Hände und schlugen sich dabei vor Wiedersehensfreude auf die Schultern.

„Hast du noch deine Mahagonijolle?"

„Wohl nicht mehr lange. Was ist denn aus deinem Kahn geworden?"

„Wenn du Zeit hast, zeige ich dir, was ich mir inzwischen gegönnt habe."

47.

Dave versuchte, die Wogen im Konferenzraum zu glätten: „Frau Allu, Sie lehnen einen ausführlichen Text ab, ohne ihn zu kennen. Frau Dr. Quast soll Bildunterschriften zustimmen, die auch noch nicht existieren. So wird das nie was. Darüber sollte erst wieder diskutiert werden, wenn für beide Meinungen Muster vorliegen."

Ein Glück, dass sich das schlaue Bürschchen schlichtend dazwischen warf, dachte Ulla. Sie hätten sich sonst noch die Augen ausgekratzt. Sie nahm sich vor, friedlicher zu argumentieren. Einen ähnlichen Vorsatz schien Frau Dr. Quast auch gefasst zu haben. Im Laufe des Nachmittags einigten sie sich katzenfreundlich über Format, Drucktechnik, Termine und Honorar. Für die endgültige Auswahl der Fotos wollten sich die Frauen bei Ulla im Atelier treffen. Darauf schien sich Frau Dr. Quast schon besonders zu freuen. Interessierte sie, was dort sonst noch schlummerte, oder lockte vor allem die Dienstreise?

Einmal wurde Dave wegen eines Anrufs raus gerufen. Als er freudestrahlend zurückkam, wurde Ulla gerade das GP Genehmigungsverfahren erklärt. Als erstes würde Frau Dr. Quast das Projekt kalkulieren und zur Genehmigung vorlegen. Dann müssten Verträge unterschrieben werden und schließlich könnte sie tatsächlich anfangen. Ulla hatte nicht erwartet, dass dafür eine Unterschriften-sammlung notwendig war, und wunderte sich im Stillen, dass trotzdem neue Bücher erschienen.

Plötzlich wurde die Tür aufgerissen. Ein kleiner rundlicher Mann ließ einem großen schlanken Mann den Vortritt. Dave sprang auf. Frau Dr. Quast blieb zwar sitzen, ihre Aufmerksamkeit richtete sich aber nur noch auf die beiden Mittefünfzigjährigen in edelsten Anzügen. Der gedrungene trat auf Ulla zu, begrüßte sie wie ein Autoverkäufer und stellte sich als Mirador Geschäftsführer vor. Der größere verschlug Ulla den Atem. Was für ein Typ! Die rehbraunen Haare reichten, leicht wellig nach hinten gekämmt, bis an den weißen Steifkragen. Grau melierte Schläfen flankierten die hohe Stirn. Die wasserblauen Augen blitzten wach. Die feingliedrigen Hände elektrisierten Ulla. Er begrüßte sie auf Deutsch mit holländischem Akzent. Ihr Herz pochte. Einem entfernten Rauschen gleich, hörte sie, wie Till de Winter alle zum Dinner einlud. Ulla brauchte einige Sekunden, bis sie begriff, dass er sich erkundigte, in welchem Hotel sie logierte. Als sie endlich antwortete, entschied er: „Ah, im Interconti. Dann essen wir bei dem Italiener gleich nebenan. Wie heißt der noch? Der ist klasse. Dave, lassen sie einen Tisch reservieren!"

Ullas Gedanken rasten. Was hatte Holger vor? Hatte er etwa auch schon eine Einladung angenommen? Sie sammelte ihren verbliebenen Mut und stammelte: „Vielen Dank für die Einladung. Ich weiß nur nicht, ob mein Mann schon . . ."

Till de Winter unterbrach sie: „Den bringen Sie bitte mit. Den Glückspilz muss ich kennen lernen, der solch eine Künstlerin zur Frau bekommen hat. Dave, reservieren Sie bitte für sechs Personen!" Er schaute auf seine Armbanduhr. „Es ist jetzt gleich 17 Uhr. Sagen wir 19:30 dort?"

Der Geschäftsführer gab Dave ein Zeichen, dass er sich um die Reservierung kümmern werde. Dave setzte sich erst wieder, als die beiden den Konferenzraum verlassen hatten.

Die Einladung ermutigte Ulla: „Man sollte, wenn das Buch erscheint, die Bilder auch im Original ausstellen."

„Das wäre eine tolle Promotion", begeisterte sich Dave.

„Fragt sich nur wo? Die wenigsten Buchhändler verfügen über genügend Platz dafür", gab die Managerin zu Bedenken.

„Das ist was für Galerien. Das wird sich arrangieren lassen." Dave schien sich da absolut sicher zu sein.

Gegen 18 Uhr verließ Ulla mit leerer Mustermappe aber mit überlaufendem Herzen das Chilehaus. Auf einen zweiten Besuch im Antiquariat verzichtete sie. Als sie vor den Schaufenstern ihres Fotofachgeschäfts stand, stellte sie enttäuscht fest, dass der Laden geteilt worden war. Links befand sich ein Fotokopierladen mit Passbildautomat. Im rechten Teil residierte jetzt ein Handyshop. Ulla entdeckte kein bekanntes Gesicht. Wie schade, dachte sie und ließ sich von einer Taxe zum Hotel kutschieren.

Im Hotel erhielt sie eine Nachricht von Holger: ‚Bin mit Jürgen zu seinem neuen Boot nach Blankenese gefahren. Bin spätestens um 20 Uhr im Hotel.'
Ulla kannte Jürgen, einen seiner Jugendfreunde. Warum hat Holger mit keinem Wort erwähnt, wie es beruflich weitergeht? Hieß das, nächstes Jahr Puerto Rico oder Tel Aviv? Der Zweiflerin blieb jetzt eine Stunde für Kleiderauswahl, Duschen und Herrichten. Für dieses Dinner hatte sie natürlich nichts Passendes dabei. Hoffentlich kam Holger rechtzeitig. Er hatte schon oft einen rettenden Einfall.

Um viertel vor acht schrieb Ulla eine Nachricht für Holger: ‚Bin mit den GP Leuten nebenan beim Italiener. Komm bitte schnell dazu. PS. mit GP ist alles ok.'
Dann stöckelte sie allein zum Restaurant. Noch mehr verspäten wollte sie sich nicht. Etwas unsicher öffnete sie die Restauranttür. Stimmengewirr und Tellerklappern schlugen ihr entgegen. Sie rechnete fest damit, dass sämtliche Gäste sie anstarren würden. Einige Frauen würden garantiert nicht leise genug zischen. „Was will die denn hier?“

48.

Zehn Minuten später folgte Holger. Er stellte sich in die Mitte des Gastraums und schaute ungeniert jeder Frau ins Gesicht. So entdeckte er Ulla schon nach einer viertel Drehung.
Wie konzentriert sie die Diskussion verfolgte, dachte er. Plötzlich erblickte sie ihn auch und winkte verhalten mit halbhohem linkem Arm. Ihre Augen erstrahlten freudig. Sie trug die Haare offen. Holger war mal wieder völlig verschossen. Er hauchte ihr ein Küsschen auf die Wange. Dann begrüßte er Frau Dr. Quast mit Handkuss. Die Männer waren aufgestanden. Ulla nannte die Namen. Holger schüttelte die Hände. Till de Winter nahm wieder an der Stirnseite des Tisches Platz. Zu seiner linken saß Ulla. Holger wurde der noch freie Stuhl ihr gegenüber zugewiesen, also zur Rechten von Till de Winter. Holger ließ sich auch den kühlen Weißwein einschenken. Kaum hatte er den ersten Schluck getrunken, hielt es Ulla nicht mehr aus. Sie beugte sich zu ihm halb über den Tisch.

„Und?", drängte sie ihn mit bangen Gesicht und hochgezogenen Augenbrauen.

Holger lächelte sie an und flüsterte: „Keine Sorge, wir bleiben in Sotogrande."

Eine Welle der Erleichterung entspannte ihr Gesicht. Als ob eine Ertrinkende wieder festen Boden unter den Füßen spürt.

Um die Heimlichkeiten an der Tafel zu beenden, blickte Holger in die Runde und fragte so laut, dass alle es hörten: „Wann ist die Vernissage in Paris?"

Alle verstummten. Ulla schloss sie Augen und presste die Lippen. Der Hamburger Geschäftsführer fing sich als erster und erklärte: „Das ist nicht unser Markt. Bei GP herrscht strenger Gebietsschutz."

Till de Winter wirkte plötzlich nachdenklich. Er beteiligte sich nicht an den zögerlich wieder aufgenommenen Gesprächen. Als die meisten wieder brabbelten, lehnte er sich seitlich zu Holger rüber und raunte ihm leise zu: „Sie haben recht. Die Welt der Kunst erobert man von Paris und nicht von Hamburg aus. Dave arbeitet erst seit wenigen Monaten bei uns. Ich habe ihn einfach mal machen lassen." Er trank einen Schluck und fuhr kopfschüttelnd fort, „eine günstige Gelegenheit ersetzt keine Strategie. Der Zufall, dass Sie heute gerade in Hamburg sind, darf uns nicht vom Schmieden einer Erfolg versprechenden Strategie abhalten."

„Ich kenne das", bestätigte Holger ebenso leise, „ohne Strategie ist man ständig am Wurschteln. Ist bei mir im Bankgeschäft nicht anders."

Schweigend aßen sie die marinierten Meeresfrüchte als Vorspeise. Holger wisperte: „Haben Sie gute Leute in Paris?"

„Ja, aber hier auch. Die Quast ist ein Vollprofi. Die könnte auch Waschpulver oder Schokoriegel managen. Nur manchmal hat sie Probleme mit einigen Frauen."

Holger schaute Till tief in die Augen und flüsterte: „Ulla immer mit allen".

Sie sahen sich sekundenlang schweigend an und prusteten dann beide befreit los. Die anderen unterstellten ihnen wahrscheinlich, dass sie flotte Herrenwitze austauschten. Ulla lächelte sie glücklich an.

Wieder steckten sie die Köpfe zusammen: „Morgen telefoniere ich mit dem Geschäftsführer in Paris. Er soll Rafael, seinen besten Projektmanager, darauf ansetzen. Rafael beherrscht die Kunstvermarktung wie kein anderer. Ihn treibt persönlicher Ehrgeiz. Er will genauso wie die Künstler als Meister seines Fachs anerkannt werden. Wenn der sich verliebt, wird das Projekt mit Stil und Klasse geweiht", sich die Hände reibend fügte der Holländer hinzu, „und mit Gewinnen gesegnet. Mir liegt viel daran, dass Ulla Allu der Star auf allen Kontinenten wird." Sein Mund und Kinn bekamen einen harten, bitteren Zug, den Holger nicht zu deuten wusste. „Sagen Sie Ihrer Frau bitte noch nichts. Ich melde mich bei ihr, wenn alles klar ist."

Holger sah ihm lange prüfend in die Augen. Er fand nichts Verschlagenes wie bei Sir Edward. Mit dem Kopf nickend stimmte er zu. Sie richteten sich auf und beteiligten sich an der allgemeinen Unterhaltung.

Till de Winter bewies mit fesselnden Anekdoten aus aller Welt sein Charisma. Eifersüchtig beobachtete Holger, wie Ulla mit entrücktem Blick an seinen Lippen hing.

Hand in Hand spazierten Ulla und Holger den kurzen Weg zum Hotel zurück. Ulla hüpfte vor Glück. Dadurch merkte sie, wie berauscht sie torkelte. Sie hakte sich Halt suchend bei Holger ein.

Zum Schlafen waren sie noch zu aufgedreht. Beschwingt erzählten sie sich, was sie erlebt hatten. Ulla ließ sich dutzende Male bestätigen, dass er nicht um Versetzung gebeten hatte. Dankbar umarmte und küsste sie ihn. Später gestand sie ihm: „Als du mit der Vernissage in Paris anfingst, befürchtete ich schon, du würdest es mir wieder alles verderben."
„Was heißt hier, wieder?" entrüstete sich Holger lachend. Er verriet ihr aber nichts. So sehr ihn das verheimlichte Wissen auch belastete.

49.

Am nächsten Tag gingen Gitta und Olaf zum ersten Mal seit Silvias Verschwinden wieder zur Arbeit. Gitta beobachtete von ihrer Kasse den Brotgang. Mit ängstlichen Seitenblicken vergewisserte sie sich, dass es ihren Kolleginnen nicht auffiel. Zu gerne hätte sie sich erkundigt, ob Lutz die Tage vorher Brot geliefert hatte. Doch sie traute sich nicht. Noch schien keiner ihre Affäre mit Lutz mitbekommen zu haben. Außer Olaf, aber der wusste nicht mit wem. Olaf hatte ihr eine zweite Chance gegeben. Silvias Tod hatte sie wiedervereinigt. So steckt selbst in der größten Tragödie ein Keim des Glücks.

Gitta fragte sich seit Tagen, wie sie sich verhalten sollte, wenn Lutz wieder auftaucht. Müsste die Polizei ihn nicht schon längst gefasst haben? Oder verdächtigte sie ihn zu Unrecht? Doch die Erinnerung an seinen gierigen Blick damals in seinem Wagen verscheuchte ihre Zweifel.

Die Plastikrollen des Brotgestellwagens quietschten. Schwankend wurde das voll beladene Monstrum in den Gang geschoben. Der Schieber blieb unsichtbar dahinter. Versteckte er sich? Gitta sah nur, wie die Brotlaibe paarweise Etage für Etage von oben nach unten aus dem Gestell verschwanden und im Regal aufgereiht wurden. Endlich, jetzt kamen die Krustenbrote in Kopfhöhe dran. Da tauchte von unten kommend ein vom Bücken geröteter Kopf auf. Gitta kannte das schweißglänzende Gesicht nicht. Ein Glück! Während des Vormittags sprachen viele der vertrauten Kundinnen Gitta ihr Mitleid aus.

Auf dem Heimweg überraschte Gitta schwüle Hitze. Morgens war sie noch froh gewesen, ihr schwarzes Blouson übergezogen zu haben. Es wehte frisch und sah nach Regen aus. Jetzt schwitzte sie, obwohl sie die dünne Jacke über dem Arm trug.

In der Wohnung linderte die relative Kühle. Allerdings muffelte es ungelüftet. Sie entschied sich für kalten Mief statt warmer Frischluft. Am Anrufbeantworter leuchtete eine Eins. Gitta drückte die Taste zum Abspielen: „Hier Kriminalpolizei Hamburg, Kommissar Hartmann. Rufen Sie bitte zurück."
Jetzt schwitzte Gitta erst richtig. Was wollten die denn? Die hatten den entscheidenden Hinweis schon letzten Samstag bekommen. Heute war Freitag. In Fernsehkrimis arbeiten die meistens Tag und Nacht und am Wochenende sowieso.

Sie stellte sich erstmal unter die kalte Dusche. Dabei überlegte sie sich, dass sie besser jetzt als Olaf heute Abend zurückrufen sollte.

Herr Hartmann meldete sich: „Ah, gut dass sie anrufen. Wir haben einen Verdächtigen in Untersuchungshaft. Wir möchten sie beide bitten, ihn sich einmal anzusehen."
„Wer ist es denn?"
„Wann können sie kommen?"

„Olaf wird heute gegen halb fünf hier sein. Wo sollen wir denn hinkommen?"

„Ins Polizeipräsidium am Berliner Tor."

„Ist denn da am Freitag um 18 Uhr noch jemand?"

„Ich erwarte Sie um 18 Uhr."

„Hat das Schwein die Schandtat schon zugegeben? Was hat er gesagt? Warum hat er das getan?"

Kummer, Wut und vor allem jetzt auch Angst trieben Gitta wieder die Tränen aus den Augen. Ob sie Lutz verhaftet hatten? Wenn ja, hatte er sie bereits verpetzt? Wenn man ihm nur das Wissen nehmen könnte. Was wäre, wenn er verriet, dass sie ihn ins Haus gelockt hatte. Der Ehebruch wog schon zum Zerreißen schwer, aber die tödliche Schändung der Tochter blieb unverzeihlich. Selbst wenn das Schwein bei der Polizei schwieg, drohte die Wahrheit vor Gericht herauszukommen. Öffentlich, vor allen. Wie das die Zeitungen ausschlachten würden. Was für eine Schande. Selbst wenn Lutz auch im Prozess nichts preisgab, drohte zeitlebens der Fluch des Wissens. War das die Strafe für ihre Untreue? Wie lange würde sie mit dem ahnungslosen Olaf glücklich bleiben?

50.

Auf dem Rückflug erkundigte Ulla sich bei Holger: „Hat dich jemand gefragt, warum wir nach Hamburg gereist waren?"

„Meinst du in der Bank?"

„Ja, aber auch, ob einer unserer Familien wissen wollte, was wir gestern vorhatten."

Holger überlegte, dann antwortete er: „Weder noch. Und bei dir?"

„Auch keiner."

„Ich war ganz froh drum."

„Ich in diesem Fall auch. Ich wundere mich nur über diese Interesselosigkeit. Hoffentlich führt das nicht eines Tages zum Krieg."

Am nächsten Morgen gleich nach dem gemütlichen Samstagfrühstück zog es Holger zu seinem Boot. Am Heck verdeckte das Verkaufsschild des Sotogrande Ship Shops den unheilbelasteten Namen. Die Abdeckpersenning warf Falten. So hatte er noch nie sein Boot verlassen. Holger verdächtigte Isabel. Das passte genau zu seinem Bild der Andalusier. Sie arbeiteten zwar tüchtig. Aber meistens fehlte am Ende bei allem, was sie taten, der letzte Schliff. Oder, wie er es nannte, die letzten 5 Peseten (3 Eurocent). Holger amüsierte sich inzwischen darüber. Er empfand es entspannender als die verbissenen Hundertfünfzigprozentigen in Deutschland.

Holger wurde von Isabel in ihrem Büro mit den üblichen Wangenküsschen begrüßt. Strahlend erzählte sie ihm mit ihrer kerligen Stimme: „Ein Russe will das Boot für seinen Sohn kaufen." „Das ist ja schnell gegangen", mimte Holger den freudig Überraschten. Doch das verfluchte Wissen um die Zukunft verbot das Geschäft. Wenn dem Russenjungen etwas passierte, würden sie sich ewig Vorwürfe machen. Nur, wie sollte er das Isabel erklären?
„Wollen die das Boot mitnehmen?"
Isabel schüttelte den Kopf. Eine lange Strähne ihrer hochgesteckten Haare rutschte vom Hinterkopf, über die Schulter zur rechten Brust. Das glänzende Schwarz der Haare wirkte auf dem engen, weißen T-Shirt wie ein natürlicher Blickweiser.
„Ich möchte die Jolle nicht immer wieder hier im Hafen sehen." Holger hielt die Begründung selbst für wenig überzeugend. Dafür war sein gepflegtes Holzboot viel zu ansehnlich.
„Schade", bedauerte Isabel sichtlich enttäuscht, „dann werde ich es in Marbella anbieten. Ob wir dort jedoch diesen Preis erzielen, bezweifle ich. Hier ist es das einzige seiner Art. Dort sind bestimmt mehrere auf dem Markt."
Jetzt baute sie schon vor, um die zweite Provision und die Transportkosten unterzubringen, vermutete Holger.

Später beim Mittagessen bestätigte Ulla zwar seine Bedenken: „Du hast schon recht. Wenn das Boot hier bliebe, würden wir, selbst wenn nichts passiert, ständig in Angst leben. Als ob das Wissen um die Zukunft eine Strafe wäre." Ihre herabgezogenen Mundwinkel verrieten Holger aber, wie sie es bedauerte. Ob sie befürchtete, dass er demnächst doch wieder mit ‚OSIMOS' segelte? Warum bloß dieses Misstrauen?
„Hast du mit Isabel schon über dein neues Schiff gesprochen?"
Holger wunderte sich, wie ängstlich besorgt sie ihn mit großen Augen und eingezogenen Wangen beobachtete.
„Erst wollte ich dich fragen." Holger lächelte Ulla dankbar an, dass sie es angesprochen hatte. Er fühlte sich elektrisiert bei dem Gedanken an ein neues Boot. Ihm entging daher, wie Ulla sich erleichtert streckte: „Das ist

dein Spielzeug. Meine Wünsche würdest du gewiss nur belächeln." Da Holger sie so bettelnd anschaute, fuhr sie fort: „Also für mich käme nur ein Boot mit Toilette in Frage. Ein kleiner Kühlschrank für Getränke und Sandwichs wäre auch nicht zu verachten."

„Und eine Mikrowelle in der Kombüse, und ein Fernseher in der Kajüte?" verlängerte Holger spöttisch ihre Wunschliste.

„Das wäre mir zu camping-mäßig", protestierte Ulla lachend.

Holger hatte sie schon seit Wochen nicht mehr so glücklich gesehen, wie ein sorgloses Mädchen, dachte er verliebt. Er legte sein Messer auf den Teller, ergriff ihre linke Hand und küsste sie sanft.

51.

Am Wochenende turtelten Ulla und Holger wie frisch verliebt. Die paar Tage in Hamburg hatten ihnen bewusst gemacht, wie gut sie es in Sotogrande hatten. Wie eng und trüb dagegen in Hamburg alles bedrückte.

Seit sie über das neue Boot gesprochen hatten, befürchtete Ulla weniger, dass er insgeheim doch noch versetzt werden wollte. Ulla konnte wieder genießen, das Klima, das Licht und das Anwesen. Die verheißungsvolle GP Geschichte krönte ihr Hoch. Alles glänzte wieder.

Am Montagmorgen untersuchte Ulla ungläubig ihre Arme und Waden. Die Pusteln waren verschwunden. Gejuckt hatten sie die letzten Tage schon nicht mehr. Die junge Haut schimmerte blässlichrosa.

Gegen 12 Uhr klingelte das Telefon. Ulla erwartete, dass Frau Dr. Quast ihre Reiseplanung mit ihr abstimmen wollte. Dementsprechend kribbelte es in Ullas Bauch.

Stattdessen schnarrte eine resolute Frauenstimme auf Englisch: „Hallo, ich bin Carol Stone, Till de Winters Sekretärin. Er möchte Sie sprechen. Passt es Ihnen jetzt oder wann soll ich wieder anrufen?"

Ullas Bauch gab Ruhe, ihr Herz hüpfte. „Jetzt", japste sie.

Ohne Knacken in der Leitung, viel zu schnell, um Luft zu holen, hörte sie Till de Winter. Inzwischen wusste Ulla auch, an wen er sie erinnerte. Er hieß Jan, ihre erste Jungendliebe vor dreißig Jahren. Am letzten Abend ihrer Klassenfahrt nach Amsterdam hatte sie Jan kennen gelernt. Sie schlenderten Händchen gehalten an Grachten entlang. In einem Park beschirmt von einer Eiche saßen sie auf einer Bank. Jan legte seinen Arm auf ihre Schulter. Im Dunkel küssten sie sich. Für die beiden Vierzehnjährigen versank zum ersten Mal die Welt. Noch heute erinnerte Ulla sich an die Aufregung und eben an die Stimme. Jan sprach auch dieses krächzige Deutsch mit dieser niedlichen Melodie. Sie hatten sich nie wieder gesehen.

„Wie geht es Ulla Allu heute?"

„Sind Sie wieder in London?"

„Ich habe eine gute Nachricht."

Ulla wusste vor Schwärmerei nichts zu sagen.

„Sie wissen es ja selbst. Nur von Paris aus beginnt für europäische Kunst der Königsweg in die weite Welt. Frau Dr. Quast schickt deshalb Ihre Muster an Rafael. Er ist unser bester Projektmanager in Paris."

„Aber wir hatten doch schon in Hamburg alles vereinbart. Der Bildband, die Ausstellung . . .", protestierte Ulla.

„Rafael wird sich bei Ihnen melden. Geben Sie ihm einige Tage. Er hat gerade ein neues Projekt begonnen. Er ist ein Kunstbesessener."

Kläglich akzeptierte Ulla: „Ist gut, ich warte auf seinen Anruf." Sie spürte, wie eine Welle der Enttäuschung ihre Kraft wegspülte.

Den Rest des Tages lag Ulla schlapp auf dem Bett. Sie materte die Vorstellung, dass Rafael ihre Fotos für nicht gut genug halten könnte. Warum jetzt Paris? Nur weil Holger das in seiner Ahnungslosigkeit angesprochen hatte? Und das nur, weil er neulich wissen wollte, welche Ausstellungsorte sie für die besten hielt. Ach, wenn er das Wissen nur nie gehabt hätte! Wohlmöglich hatte er jetzt wieder alles verdorben.

Als Holger abends nach Hause kam, fand er Ulla zerknirscht auf dem Bett. Besorgt setzte er sich auf die Bettkante und erkundigte sich: „Hast du was Verdorbenes gegessen? Zuviel Sonne? Schlechte Nachrichten von der Familie?"

Ulla schüttelte betrübt den Kopf.

„Nun sag schon", drängte er sie.

Ulla schniefte, bevor sie klagte: „Ich ahnte, dass das Treffen beim Mirador Verlag unter einem schlechten Stern stehen würde. Einen Tag nach der Beerdigung."

Holger grinste sie nur an. Ulla wusste, dass er diese Theorie nicht für diskussionswürdig hielt. Verbittert erklärte sie: „Till de Winter hat das Projekt von Hamburg nach Paris delegiert."

„Das ist doch toll." Holger schien sich augenscheinlich zu freuen.

Erschöpft blies Ulla Luft aus: „Allerdings ist jetzt wieder alles offen. Demnächst soll sich ein Rafael melden."

„Mit dem wirst du garantiert besser klarkommen als mit Frau Doktor Zick aus Hamburg. Paris findest du eh besser als London. Hamburg tauchte in deiner Städterangliste gar nicht auf."

„Schon, nur ich befürchte, du hast mir wieder alles vermasselt. Erst London und jetzt Hamburg. Warum gönnst du mir das nicht? Hast du Angst, dass ich auch mal Erfolg haben könnte?"

„Denkst du das wirklich? Warum vertraust du mir so wenig? Aber du traust dir ja nicht mal selbst. Zumindest zweifelst du, dass deine Fotos Rafael gefallen."

„Ach, wenn man nur wüsste, wie alles kommt."

„Dann wäre der Spaß vorbei und man würde nur noch zum wissenden Erfüllungsgehilfen der Vorsehung."

„Mich belastet dieses Unwissen!"

„Nutze es! So kannst du die Zukunft nach deinen Wünschen gestalten."

Den langen Dienstagvormittag tigerte Ulla rastlos durch das Haus. Nichts fesselte sie länger als ein paar Minuten. Wie sollte sie die Zukunft gestalten, wenn Rafael nicht anrief, grollte sie ungeduldig.

Am Nachmittag wurde es schlimmer. Kurz vor 18 Uhr entschloss sich Ulla, ihren Bruder anzurufen. Vielleicht hatte die Polizei Silvias Mörder geschnappt. Auf jeden Fall würde sie dadurch auf andere Gedanken kommen.

Gitta schien zwar froh zu sein, dass sich Ulla meldete, gab den Hörer jedoch flugs an Olaf weiter. Sie müsse dringend zurück an den Herd. Warum hatte sie dann überhaupt abgenommen, wunderte sich Ulla.

Olaf entschuldigte sich zunächst drucksend, den polizeilichen Erfolg nicht schon längst selbst gemeldet zu haben: „Ja, sie haben das Schwein. Er ist eindeutig überführt und eingebuchtet. Nur gestanden hat er noch nicht."

„Und wer ist es?"

„Ein Brotfahrer. Der hat auch Gittas Supermarkt beliefert. Stell dir vor, wie nah er ihr jeden Tag gekommen war."

„Kennt Gitta ihn?"

„Da kommen jeden Tag dutzende. Die bringen Brot, Milch, Fleisch und so weiter. Gitta kennt die nicht. Sie sitzt doch an der Kasse."

„Was sagt er denn? Was ist denn passiert? Mensch, die arme Silvia!"
„Erst hat er alles abgestritten. Aber sein Genitalabdruck ist eindeutig."
Ulla hätte am liebsten laut losgeprustet: „Du meinst bestimmt genetischer Abdruck."
„Klar, jedenfalls schweigt er jetzt."
„Und die Polizei?"
Olaf schnaubte verächtlich: „Die behaupten sogar noch, das sei sein Recht. Als ob man als Sittenmörder noch Rechte hätte."
Sollten sie ihn etwa foltern? Ulla wurde es zu gruselig. Sie beendete das Telefonat mit der Bitte, sie auf dem Laufenden zu halten.

Abends, als sie Holger davon erzählte, kommentierte er: „Der sollte froh sein, sicher in Untersuchungshaft zu sitzen. Wer weiß, wie Olaf ihn sonst selbst richten würde."

Nach Sonnenuntergang hörten sie aus der Ferne das monotone Dumdum Dumdum der Trommler der Karfreitagsprozessionen. Jede Woche übten sie das in den umliegenden Dörfern. Was eigentlich? Ulla und Holger hörten nie Variationen.

Am Mittwoch versuchte Ulla sich dadurch abzulenken, dass sie sich um das Personal kümmerte. Maria und José litten. Rafaels Anruf erlöste sie alle. Er sprach haspelig englisch mit starkem französischem Akzent. Ulla musste sich erst einhören. Sie bot ihm deshalb deutsch oder spanisch an. Ihr Französisch lag zulange brach.
Rafael bedankte sich: „Ulla, das ist so charmant. Aber mein Vokabular ist in Englisch größer. Also, ich habe deine Muster bekommen. Till bekniete mich, was draus zu machen."
Duzt der alle immer sofort? Ulla erinnerte sich, gelernt zu haben, dass sich in Frankreich Ehepartner untereinander und Kinder ihre Eltern siezen. Egal, hier in Andalusien hatte sie die deutschen Empfindlichkeiten in dieser Hinsicht längst abgestreift.
„Also Ulla, um es gleich vorweg zu nehmen, ich bin in der Anfangsphase eines neuen Projekts. Da läuft bei mir nichts anderes. Du kennst das sicher auch. Nur weil Till so gebettelt hat, werde ich mich in drei Wochen ausklinken. Dann steht alles auf einigermaßen sicheren Gleisen. Die Mannschaft braucht mich dann nicht mehr permanent. Wenn du jetzt ‚ja' sagst, schreibe ich sofort in meinen Terminkalender ‚Montag 16. September 10:00 Uhr Ulla Allu Sotogrande'."

„Ja", mehr hätte Ulla ohnehin nicht raus gebracht. Sie fühlte sich überwältigt. Was für eine Leidenschaft versprühte dieser Mensch? Es durchrieselte sie heiß und kalt. Sie kam sich dagegen zum ersten Mal in ihrem Leben wie ein tief gefrorener Buddha vor.

„Verrate mir noch drei Dinge", fing er wieder an, „welches Hotel empfiehlst du? Brauche ich einen Mietwagen? Wie kleidet man sich in Sotogrande?"

„Erstens, Hotel Maritimo im Yachthafen. Zweitens, ohne Auto geht hier gar nichts. Drittens, die meisten spielen hier Golf und kleiden sich sportlich. Also keine Krawatten aber bitte keine kurzen Hosen."

„Ich freue mich auf dich und Sotogrande. Bis in drei Wochen Ulla", verabschiedete Rafael sich aufgedreht.

Wie berauscht legte Ulla den Telefonhörer auf die Gabel. Sie stützte das Kinn auf die gefalteten Hände und stocherte im Nebel ihres Bewusstseins nach Halt. Einen Kunstbesessenen hatte Till de Winter ihn genannt. Gleichzeitig diese nüchterne Präzision in der Planung mit Tag, Uhrzeit, Hotel und sogar Kleidung. Ulla erschauderte. Mit so einem hatte sie noch nie zu tun gehabt. Für Rafael sollte sie sich gut vorbereiten. Die neunzehn Tage bis zu seiner Ankunft erschienen ihr nun gar nicht mehr so endlos.

Im Atelier am Schreibtisch versetzte sie sich in Rafaels Lage. Was würde sie an seiner Stelle hier vorfinden wollen? Geschwind notierte Ulla sich Stichworte, die ihr spontan einfielen. Von denen leitete sie Vorbereitungsarbeiten ab. Aus diesen setzte sie einen Zeitplan zusammen. Alles ohne Hektik machbar, urteilte sie, indes viel Zeit zum Luschen bliebe nicht.

Als erstes rief sie Natalie an. Die zirka sechzigjährige Französin wohnte mit ihrer Katze in einem schlossartigen Haus in der Parallelstraße. Ulla lud sie auf französisch zum Tee ein. Natalie freute sich und sagte gerne zu, um 17 Uhr zu kommen. Für Ullas Geschmack lebte die Rotbraungefärbte zu passiv und war dementsprechend unglücklich. Aber jetzt wollte Ulla ihr Französisch wiedererwecken. Sie hoffte, heute eine Karotte auszugraben, mit der sie Natalie in den nächsten drei Wochen locken könnte.

Dann listete Ulla die übergeordneten Themen ihrer Bilder auf: Himmel, Meer, Landschaft, Religion, Sport, Geld . . . Dazu notierte sie die passenden Fotomontagen. So konnte sie leichter den Platzbedarf schätzen. Damit wählte sie die Räume aus, wo die Fotos hängen sollten. Dadurch würde Rafael konzentrierter auswählen können. Bislang hingen ihre Werke überall im Haus nach dekorativen Gesichtspunkten verstreut. Die Fotos, die keinen Platz an den Wänden finden würden, sollten im jeweiligen Themenzimmer bereitstehen. Schließlich tüftelte sie die Reihenfolge für das Umhängen aus. Sie wollte die Bilder und Wände schonen und jedes Objekt möglichst nur einmal anfassen. Die Länge der Liste offenbarte ihr den beträchtlichen Umfang ihres Schaffens. Ihr Stolz bog ihr Rückrat gerade. Sie hätte am liebsten sofort angefangen. Doch sie entschied sich, lieber noch eine Nacht darüber zu schlafen, als jetzt hastig Fehler zu verzapfen. Das hatte sie von Holger gelernt.

Die zwei Stunden mit Natalie am Nachmittag sprach Ulla ausschließlich französisch. Die Einsame entzückte vermutlich mehr der Cava, der spanische Sekt, als Ullas holpriges Französisch.
Sie beklagte sich: „Seit der belgische Chefkoch das Golf Club Restaurant verlassen hat, gibt es auch dort nur noch spanische Küche."
Ulla bestätigte: „Die Spanier ernten zwar gute Produkte. Sie kochen nur nichts Leckeres daraus. Das Problem ist, die würzen nicht. Da fehlen ihnen mal wieder die letzten 5 Peseten."
Natalie stimmte ihr lachend zu: „Ich koche jetzt wieder selbst. Wenn es nur nicht so trist wäre, allein zu essen."
Als sie sich verabschiedete, verbuchte Ullas zwei Erfolge. Die französischen Standardredewendungen formulierte sie schon wieder flüssiger. Übermorgen war sie bei Natalie zum Mittagessen eingeladen.

Als Holger abends von den Neuigkeiten erfuhr, strahlte er glücklich. Er hatte nicht damit gerechnet, dass Rafael Ulla so in Schwung versetzen würde. Er bezweifelte, ob das mit dem Französisch und dem Bilderumhängen nötig war, sagte aber nichts. Sonst hieße es noch, er unterstütze sie nicht. Seine Gedanken schaukelten um das neue Boot. Er freute sich schon, am Samstag mit Isabel darüber zu fachsimpeln.

Gleich am nächsten Morgen hing Ulla die Großfotos um, suchte die archivierten raus und stellte sie dazu. Mittags schritt sie kritisch begutachtend durch das Haus. Es sah jetzt mehr nach Archiv als nach gemütlichem Heim aus. Holger hatte es ihr zum Glück erlaubt.

Als er das Ergebnis abends sah, bestätigte er: „Ich glaube auch, dass ihr so flotter entscheiden könnt, welche Bilder ins Buch sollen", mit schmollenden Lippen bat er, „danach dekorierst du es uns aber bitte wieder wohnlicher."

Am Freitag unterhielten sich Ulla und Natalie beim köstlichen coq au vin (Huhn in Weißweinsoße) wieder nur auf Französisch. Ulla lobte verzückt: „Ich wusste gar nicht, dass du so exzellent kochen kannst."
Natalie strahlte: „Das hört man nie, wenn man alleine isst."
„Soll ich uns nächsten Dienstag mal bekochen? Magst du frischen Fisch?"
„Liebend gerne. Leider gibt es hier nur gefrorenen. Verrückt, wir haben hier zwar Meeresblick aber keine frischen Meeresfrüchte."
„Wieso, kennst du etwa die Markthalle in Algeciras nicht?"
„Wo ist die denn?"
Ulla schwärmte begeistert: „Dutzende Händler bieten jede Art von Muscheln, Krabben, Hummern und Fischen an, von klitzekleinen Sardinen bis meterlangen Schwertfischen. Die Japaner besorgen sich dort fangfrischen Tunfisch für die Sushi Restaurants. Eine unglaubliche Auswahl."
„Darf ich mal mitkommen?"
Genau das hatte Ulla erhofft. So sicherte sie sich die nächsten Französischstunden.

Am Samstag eilte Holger gleich nach dem Frühstück in den Yachthafen. Er blieb lange und kam erst zum Mittag zurück. Ulla fragte sich, wie Isabel heute wohl ihre Figur präsentierte. Ob Holger auch mal ein Auge auf die Boote warf?

Aufgekratzt berichtete er: „Du glaubst nicht, wie viele Boote zum Verkauf angeboten werden. Aber die Menge ist nicht entscheidend. Heute kam keines für uns infrage. Alle zu groß."
Na die Möpse können ja nicht groß genug sein, eifersüchtelte Ulla im Stillen.

In den folgenden zwei Wochen räumte Ulla ihr Atelier auf. Dabei ordnete sie vor allen Dingen die Negativablage, die bei der Flucht vor dem Feuer ziemlich durcheinander geraten war. Das Feuer lag erst sechs Wochen zurück. Was inzwischen alles passiert war!

Schließlich schrieb Ulla die Texte für die Bilder. Sie hatte es geahnt. Dazu hatte sie keine Lust. Jedes Wort fiel ihr schwer, obwohl sie auf Deutsch formulierte. „Das liest keine Sau", meckerte sie ständig vor sich hin.

Französisch zu sprechen, versetzte sie nicht mehr in Verlegenheit sondern bereitete ihr wieder Freude. Wie elegant die Sprache im Vergleich zu dem rauen Spanisch klang, schwärmte sie. Jetzt konnte Rafael kommen.

52.

Am Montagmorgen wieselte Ulla, nachdem Holger das Haus verlassen hatte, durch die Räume. Überall gab es noch irgendetwas zu richten. Sie zappelte, als ob sich der Weihnachtsmann zur Sonderbescherung angekündigt hätte. In den verbleibenden fünfundvierzig Minuten schaute sie mindestens hundertmal auf die Uhr. Um zehn Minuten vor 10 Uhr hörte sie einen Personenwagen, der auffällig langsam fuhr und stehen blieb. Erst dachte sie an eines der Wachdienstfahrzeuge. Allerdings patrouillierten die noch langsamer, hielten aber nicht an. Ulla schlich sich in den Garten, verbarg sich hinter der Hecke und lauerte. Ein nagelneuer Kleinwagen, ein typischer Mietwagen, stand in der Nähe ihrer Einfahrt. Ein Mann saß hinter dem Steuer und telefonierte. Ob das Rafael war? Wenn nicht, wollte sie dem Sicherheitsdienst Bescheid geben. Durch die Zweige der Hecke erkannte sie, dass er sein Handy in die Jacke steckte und auf die Uhr schaute. Wollte er nicht zu früh kommen? Ulla strich sich die Haare glatt, trat auf die Straße, beugte sich zum Seitenfenster und erkundigte sich auf Französisch: „Zu wem wollen Sie?"
Der Unbekannte versuchte, das Fenster zu öffnen, fand aber die Kurbel nicht. Er stieg aus und antwortete auf Französisch: „Zu Ulla Allu. Ich bin Rafael."
„Ich bin Ulla Allu. Hallo Rafael, herzlich willkommen." Es kam ihr fremd vor, sich als Ulla Allu vorzustellen.
Rafael gab ihr die in Frankreich üblichen drei Wangenküsse. Ulla hatte sich hier in Andalusien an die zwei Küsschen gewöhnt. Normalerweise zwischen Frauen. Von Männern wurde man nur innerhalb der Familie oder von vertrauten Freunden so begrüßt und verabschiedet. Bei dem Begrüßungsritual mit Rafael wurde der Größenunterschied deutlich. Ulla überragte ihn wie die meisten Menschen um einen Kopf.

Dreistufige Stirnfalten zerfurchten sein gebräuntes Gesicht. Zuviel gearbeitet oder zu heftig gelebt, wähnte Ulla. Der Kragen seines fliederblauen Hemdes stand offen. Der weiche Stoff des Jacketts entsprach dem der ockerfarbenen Bundfaltenhose. Wie ein Anzug, nur salopper. Die Haare waren so kurz geschoren, dass die Farbe schleierhaft blieb. Seine dunklen Augen funkelten Ulla sympathisch an. Nur sein Alter vermochte Ulla nicht zu schätzen. Rafael gehörte zu diesen zeitlosen Typen, die mit dreißig wie vierzig aussehen und zum Ausgleich mit fünfzig immer noch so.

Ulla führte ihren Gast um das Haus auf die Terrasse. Hier fächelte ein frisches Lüftchen, das zum Verweilen einlud. Trinken wollte Rafael im Augenblick nichts. Er hatte gerade gefrühstückt. Er öffnete seinen Pilotenkoffer und überreichte Ulla seine Visitenkarte und ein Päckchen in lila Geschenkpapier.
„Darf ich es gleich auspacken?"
„Unbedingt, ich bin so gespannt, ob es dir gefällt. Es ist so schwierig, einer Sotogranderin, die man nicht kennt, eine Überraschung mitzubringen."
Die Form des Päckchens ließ Ulla ein Buch vermuten. Dafür wog es allerdings nicht genug. Das schicke Papier verbarg eine schwarze Plastikschatulle, in der eine Videokassette steckte. Auf dem Etikett stand mit schwarzem Filzschreiber in Druckbuchstaben geschrieben:
‚Chanel, Karl Lagerfeld, Paris Juni 2002'.
„Ist das etwa . . .", Ulla schaute Rafael zweifelnd an.
„Das ist eine Kopie des Videos seiner Pariser Präsentation. Das Rohmaterial in voller Länge, ungeschnitten mit allen Mängeln, nicht nach vertont."
Da Ulla ihn ungläubig anstarrte, fuhr er fort: „Habe ich von einem lieben Freund. Musste ihm aber versprechen, dass du es nie aus den Händen gibst."
Ulla stotterte: „Das ist ja ein himmlisches Geschenk. Davon träumt man ja noch nicht mal."
„Ich dachte mir, in Sotogrande kommt man nur mit etwas an, was man nicht für Geld kaufen kann."
Ulla fiel spontan kein Geschenk ein, über das sie sich je mehr gefreut hatte. Rafael genoss ihr Glück. Er schlug vor: „Schau es dir heute Abend in Ruhe an. Und jetzt zeigst du mir deine Fotos. Ich bin so gespannt, die Originale zu sehen."

„Klar, deshalb bist du hier. Die Bilder hängen nach Themen sortiert in allen Räumen. Ich schlage vor, wir manchen einen Schnelldurchgang. Dann entscheidest du, wie es weitergeht."

Ulla stand auf. Rafael folgte ihr ins Wohnzimmer. Ihr Puls beschleunigte sich. Rafael blickte flüchtig auf jedes Bild. Sein Mund stand zwar offen, es kam aber kein Laut heraus. Im Esszimmer blies er aufgestaute Luft aus. In der Eingangshalle glänzten seine Augen. Auch in den oberen Zimmern schwieg er. Ulla schwitzte. Gerne wäre sie wieder nach draußen gegangen. Doch die zügige Führung endete im Atelier. Sie setzten sich gegenüber an die Arbeitsplatte. Der laue Wind hauchte durch das offene Fenster. Rafael stützte die Ellenbogen auf den Tisch, faltete die Hände und nagte mit den Schneidezähnen an den Daumenknöcheln. Was für gepflegte Hände, schwärmte Ulla stumm bangend. Seine Augen starrten in den Himmel. Er wirkte abwesend.

Was bedeutet das, zagte Ulla. Überlegte er, wie er das Projekt elegant abbrechen konnte? Klitschnass wartete sie auf eine Absage, wie: Pardon, das passt nicht in unser Programm. Dafür gibt es auch kaum einen Markt.

Rafaels Blick verriet, dass er ins Atelier zurückkam. Anfangs murmelte er, wie im Selbstgespräch: „Das habe ich nicht gewusst. Das hätte Till mir sagen müssen." Dann wandte er sich an Ulla: „Hat Till das schon gesehen?"

Ulla blickte ihn verständnislos an: „Was meinst du?"

„Na deine Sammlung."

„Du bist der erste. Die anderen kennen nur die Mustermappe."

„Ulla, so wird das nichts", begann er.

Ulla erstarrte. Jetzt kam die Absage. Ihr Magen verklumpte.

„Heute mal fix durchwetzen und morgen ein Buch drucken. Dafür brauchen wir Tage. Wie lange darf ich bleiben?"

„Heißt das, sie gefallen dir?" flüsterte Ulla mit trockenem Mund.

„Was heißt gefallen. Ich bin völlig erschlagen. So was hat die Welt noch nicht gesehen. Das wird die Sensation." Wieder mehr nur für sich selbst plapperte er: „Da belatschert mich Till, fahr da mal hin und mach was draus. Als ob er mich um eine kleine persönliche Gefälligkeit bäte."

Erst jetzt bemerkte er, wie Ulla die Tränen über das Gesicht kullerten. Ein überwältigendes Glücksgefühl durchströmte sie.

Rafael lächelte sie verständnisvoll an: „Du wäschst jetzt dein Gesicht. Ich ruf in Paris an. Die sollen meinen Rückflug auf Donnerstag verschieben und die Hotel- und Autobuchungen verlängern. Dann haben wir drei Tage. Das könnte reichen, so perfekt wie du das vorbereitet hast."

Als Ulla sich im Badezimmerspiegel sah, musste sie kichern. Die Tränenströme hatten die Wimperntusche über die Wangen geschwemmt. Das kalte Wasser tat gut. Sie ließ sich Zeit mit der Restaurierung. ‚Isch bin völlig erschlagen', parodierte sie den Kunstbesessenen dabei unzählige Male. Ihr Leib summte vor Glück.

Als Ulla ins Atelier zurückkam, telefonierte Rafael noch: „Wenn ich am Freitag zurück bin, muss ich unbedingt unseren gérant (Geschäftsführer) sprechen. Sobald es geht. Das musst du einrichten. Wenn der das erst am Montag erfährt, ist der auf uns beide sauer."

Rafael strahlte sie freundlich an: „Dann wollen wir mal. Ich stelle mir das so vor: wir produzieren deinen ersten Farbbildband noch für das Weihnachtsgeschäft. Dazu eine Ausstellung an erster Adresse in Paris." Er schien im Geiste zu rechnen, „wir sind verdammt spät dran. Gleichzeitig bieten wir teure Kunstdrucke und später preiswerte Poster an." Er sprach jetzt noch lebhafter. „Solange es noch genug Nostalgiker für die alte Währung gibt, sollte die ‚Deutsche Mark Serie' in Deutschland ebenfalls vor Weihnachten auf den Markt. Den zweiten Farbbildband bereiten wir soweit vor, dass er im nächsten Jahr sofort gedruckt werden kann, wenn die Händler danach fragen. Spätestens im Herbst zur Frankfurter Buchmesse sollte er vorliegen. Veröffentlichung wieder mit Ausstellung. Die erste Pariser Ausstellung mit dem ersten Band sollte Till zu den GP-Firmen in die weite Welt schicken."
„Oh ja", eiferte sich Ulla, „am liebsten als nächstes nach New York."
„Würde ich auch vorschlagen. Aber das muss Till mit seinem Counterpart für Amerika regeln."

Dann begann die Fleißarbeit. Jedes Foto begutachteten sie ausgiebig, bevor sie entschieden, in welchem Bildband es aufgenommen werden sollte. Rafael fotografierte die Auserwählten mit einer Digitalkamera. Ulla hatte nicht erwartet, dass es so lange dauern würde. Mittags hatten sie erst die Bilder im Gästezimmer ausgewählt. Bei dem Tempo würden die verbleibenden zweieinhalb Tage kaum reichen. Für Ulla dürfte es auch gerne drei Wochen dauern, so genoss sie die Zusammenarbeit mit Rafael. Endlich jemand ihrer Wellenlänge. Der obendrein selbst Anerkennung durch ihren Erfolg erstrebte.

53.

Abends auf der Fahrt nach Hause vermutete Holger, dass Ulla und Rafael kooperierten. Sonst hätte Ulla garantiert angerufen. Das fremde Auto auf der Straße vor dem Haus bestätigte seine Einschätzung. Bei einer Krise hätte Ulla den Franzosen längst rausgeschmissen. In der Eingangshalle hörte der Heimkehrer Stimmen im oberen Stockwerk, wahrscheinlich aus Ullas Atelier. Dort fand er sie aber nicht. Eine fremde Männerstimme brabbelte gedämpft in fremder Melodie. Ulla gluckste fröhlich. Holger versuchte, die Geräusche zu orten. Vergnügten die sich etwa im Schlafzimmer?

Irritiert stellte sich Holger in die halboffene Tür. Rafael saß auf der Bettkante. Auf den Knien lag ein Schreibblock. In der Hand hielt er einen Filzschreiber. Ulla stand neben der Balkontür und hielt ein Großfoto. Es verbarg ihren Kopf und Rumpf. Sie bemerkten Holger nicht. Holger beobachtete die beiden noch einige Sekunden. Mit einem „Hallo, seid ihr noch fleißig" machte er sich bemerkbar. Rafael sprang auf. Ulla lehnte das Bild an die Wand und gab Holger einen Begrüßungskuss. Die Größe ihrer Augen erinnerten Holger an ihre erste Begegnung. Strahlte die den Charmeur etwa den ganzen Tag schon so an? Rafael und Holger begrüßten sich förmlich. Ulla amüsierte sich über das kontrastreiche Bild. Holger in seinem grauen Nadelstreifenanzug mit weinroter Seidenkrawatte überragte Rafael in seinem modischen Schlapperanzug um fast zwei Köpfe.

Rafael beglückwünschte Holger zu seiner begabten Frau und dem prächtigen Anwesen. Dann verabschiedete er sich bis zum nächsten Morgen um 9:30 Uhr.

Während Holger sich umzog, schwärmte Ulla von Rafael. „Was für ein außergewöhnlicher Mensch!"
Holger gefiel ihr Entzücken gar nicht. Er ärgerte sich, Paris ins Spiel gebracht zu haben. Solche Augen hätte Ulla der Dr. Zick nie gemacht.

54.

Am nächsten Morgen zeigte Rafael Ulla auf seinem Laptop die Fotos seiner Digitalkamera vom Vortag. Selig blätterte Ulla durch die ersten Seiten der virtuellen Bildbände. Per Mausklick ließ sich die Reihenfolge tauschen oder das Format ändern. Dann wählten sie weiter Bilder aus. Sie arbeiteten konzentriert aber nicht verbissen. Ulla schwebte vor Glück.

Rafael blieb, bis Holger kam. Holger bot ihm an, noch auf einen Drink zu bleiben. Rafael lehnte Arbeit vorschiebend ab und lud sie für den nächsten Abend zum Dinner ein. Ulla und Holger tranken ihren Manilva auf Eis alleine. Erst jetzt bemerkte Ulla, wie sie der Tag geschlaucht hatte. Sie hätte auf der Stelle einschlafen können.
„Das kommt, weil du zwei Tage englisch und französisch gesprochen und deutsch gedacht hast", erklärte Holger, „das strengt an, besonders das ständige Wechseln."

Am Mittwoch waren Rafael und Ulla ein so aufeinander eingespieltes Paar, dass sie bereits mittags das letzte Bild zugeordnet hatten. Sogar die schwarz-weiße DM-Serie war erfasst. Rafael überspielte die Schnappschüsse des Tages auf seinen PC. So konnten sie nachmittags die endgültige Reihenfolge und Anordnung festlegen. Sogar Ullas Texte wurden integriert. Sie einigten sich, dass die kurzen Erläuterungen unter oder neben den Fotos auf Englisch, Französisch, Deutsch und Spanisch gedruckt werden sollten.

Als Holger kam, ließ Ulla ihn durch die drei Bildbände auf dem Computer blättern.
„Das sind nur die Anweisungen für die Druckerei", erklärte Rafael, „die braucht natürlich noch die Negative und die Übersetzungen."
„Und wir brauchen vorher noch eine vertragliche Vereinbarung", entgegnete Holger.
Ulla blieb das Herz stehen. Was richtete er nun wieder an?
„Klar", bestätigte Rafael gelassen und erläuterte ihnen die nächsten Schritte des Projekts: Kalkulation, Genehmigung, Vertrag, Angebote, Auftrag, Probedruck, Freigabe, Produktion, Werbung, Auslieferung, Ausstellung, Signieren.
Holger entspannte sich, weil Rafael bei aller Kunst auch die geschäftliche Seite mit einbezog.

Rafael schlug vor: „Ulla, zur Durchsicht des Probedrucks und zur Freigabe solltest du nach Paris kommen."

Ulla nickte strahlend.

Rafael wandte sich an Holger: „Nimmst du auch an der Vernissage teil?"

„Wenn Ulla mich dabei haben will, gerne."

Rafael rieb sich die Hände: „Das wird die Sensation der Saison. Für die Konkurrenz werden wir herzstärkende Mittel bereithalten." Kindliche Freude glättete sein Gesicht. Ullas Augendeiche drohten durchzusickern. Holger, der Eisklotz, bat darum, den Termin frühzeitig zu erfahren.

Zum Abendessen fuhren sie mit Holgers Mercedes in die Berge ins Convento. Ulla hatte das ehemalige Kloster aus zwei Gründen gewählt. Insgeheim hielt sie es für einen gesegneten Ort mit einer guten Aura für das Projekt. Zum anderen stellte es architektonisch eine spanische Spezialität dar. In Andalusien gab es, bedingt durch die über siebenhundert Jahre lange Besetzung durch die Mauren, die bauliche Vereinigung von Islam und Christentum. Den typischen, zweistöckigen Patiobau zierte vorne ein schlankes Minarett und hinten eine katholische Kapelle. Heute wurde das restaurierte Anwesen im Korkeichenwald als Hotel und Restaurant genutzt. Wegen der Kapelle zelebrierte man hier gerne Hochzeiten. Sicher nicht wegen der Küche. Sie hätten in Sotogrande vorzüglich französisch oder italienisch dinieren können. Aber Ulla hatte sich überlegt, dass das für einen Pariser nichts Besonderes wäre. Das sechs Kilometer entfernte Convento dagegen schon. Man aß am antiken Esstisch der Mönche. Das hieß, alle an einer langen Tafel. An diesem Abend stillten dort mit ihnen vier Bergradler ihren Hunger. Wie immer wurde nur ein Menü angeboten. Wer es nicht mochte, fastete. Doch die drei verzehrten alles. Der kräftige Rotwein half.

Sie unterhielten sich auf Englisch, vorwiegend Rafael und Ulla. Holger hörte aufmerksam zu, blieb indes ungewöhnlich schweigsam. Um ihn einzubeziehen, schwärmte Rafael an Holger gewandt: „Bei Ulla ist alles auf höchstem Niveau. Wir haben in drei Tagen drei Bildbände aus ihrem Fundus gesiebt. Normalerweise hätte ich mit einem Newcomer drei Tage über den Vorschuss für noch nicht existierende Fotos feilschen müssen."

Das aktivierte Holger: „Man liest manchmal, was einige mit Unterhaltung für Reichtümer anhäufen. Habt ihr mit solchen Typen auch zu tun?"

Ulla befürchtete schon, dass Rafael sich über die abfällige Wortwahl ,Unterhaltung' und ,Typen' mokieren würde. Doch Rafael antwortete charmant lächelnd: „Klar, die haben wir zum Glück auch dabei."

Nachdenklich nickte Holger: „Man wundert sich manchmal schon. Warum verdient eine populäre Schlagersängerin weit mehr als ein Lehrer, der den Kindern das Rechnen beibringt?"

Rafael schaute Holger ernst in die Augen. So schien er das bisher noch nie gesehen zu haben.

Holger fuhr fort: „Versteh mich bitte nicht falsch. Ich gönne den Glücklichen das von Herzen. Ich wundere mich eben nur." Holger zögerte und setzte dann neu an, „ich würde gerne die Personen kennen lernen, die bei euch mit den Zahlungen an diese gut bezahlten Stars zu tun haben."

„Aber das sind . . .", Rafael schaute Holger zweifelnd an, „das sind Leute aus der Administration. Die haben mit Kultur gar nichts am Hut."

„Trotzdem würdest du mir und den Künstlern gewiss auch einen großen Gefallen tun. An wen sollte ich mich wenden?"

„Was hast du vor?"

„Ganz einfach. Die Künstler, die von euch mehr Geld bekommen, als sie für sich brauchen, könnten Interesse an den Leistungen meiner Bank auf Gibraltar haben. Ich würde gerne denjenigen, die mit diesen Zahlungen beschäftigt sind, die Vorteile erklären. Damit sie eure Künstler beraten können."

Rafael fingerte eine Visitenkarte aus dem Jackett und schrieb einen Namen auf die Rückseite: „Ruf Pierre an. Unser Finanzchef. Der wird auch die Kollegen der anderen GP Firmen in Frankreich kennen. Du solltest auch Till ansprechen."

„Ob Till de Winter auch zur Vernissage kommt?" versuchte Ulla, das Gespräch wieder in kulturelle Bahnen zu lenken.

55.

Am Samstag trieb es Holger wieder in den Hafen.

„Ach, wartet Isabel schon?" kommentierte Ulla spitz.

Holger verteidigte sich amüsiert: „Was kann Isabel dafür, so gesegnet zu sein?"

Er stiefelte als erstes zu ,OSIMOS'. Der Liegeplatz war leer. Sein Boot war verschwunden. Holger fühlte siedende Hitze in sich aufsteigen. Sollte es so kurz vor dem Verkauf gestohlen worden sein? Er eilte zu Isabels Büro. „Bin gleich zurück" stand auf spanisch und englisch an der Tür. Unruhig streifte Holger an den Schaufenstern der benachbarten Läden auf und ab. Schließlich setzte er sich auf die Terrasse der Hafenbar. Von hier konnte er den Eingang des Ship Shops beobachten. Endlich sah er Isabel kommen und den Laden aufschließen.

„Wo ist mein Boot?" überfiel er sie.
„In Marbella. Der Händler dort hat so viele Interessenten, dass wir es verladen haben." Isabel wühlte in dem Stapel auf dem Schreibtisch, zog einen Vorgang heraus und reichte ihn Holger. In der Klarsichtfolie steckten das Auftragsformular, die Bootsbeschreibung und Polaroidfotos. Wehmütig betrachtete Holger die drei Bilder. Das erste zeigte das Schiff mit voller Besegelung am Steg. Auf dem zweiten hing das Boot in zwei Tragegurten am Haken des Werftkrans. Der Mast fehlte. Das Schwert ragte ordinär unten heraus. Das dritte Farbfoto ließ Holger erstarren. Sein geliebtes Segelboot lag kieloben auf der Ladefläche eines Transporters. Der Mast daneben. Am Heck stand klar und deutlich 'SOWISO'.
Er muss so entgeistert geschaut haben, dass Isabel sich rechtfertigte: „Diese Fotos mache ich immer, wenn verladen wird. Möglichst so, dass der Schiffsname und das Autokennzeichen auf einem Bild sind. Am liebsten mit dem Fahrer daneben. Seit ich das fotografiere, kommen alle Boote heil an. Auch wegen der Versicherung, die bezweifeln im Ernstfall ja alles."
„Darf ich sie behalten?"
Isabel nickte verständnisvoll: „Kann gut sein, dass es dies Wochenende verkauft wird. Ich habe ihm gesagt, dass uns ein hoher Preis wichtiger ist, als dass es schnell geht."

Auf dem Heimweg kreisten Holgers Gedanken um Ullas Vision und das Foto. Hatten sie Ullas Prophezeiung selbst erfüllt? Wäre die Jolle ohne die Vision nie gekentert? Lag sie nicht nur wegen des Wissens kieloben? War der Fluch damit gebrochen?

56.

Ulla wusste auch keine Antworten auf Holger Fragen. Sie befürchtete sogar, dass Holger jetzt 'OSIMOS' doch behalten wollte. Holger sah ihr verängstigtes Gesicht und versprach, ein neues Boot zu kaufen. Man wusste ja nie, besonders bei der Vorsehung. Wenn er nur bald aus Isabels Fängen käme!

Rafael hielt Ulla beinah täglich über den Stand des Projektes auf dem Laufenden. Am Montag lagen bereits alle genehmigenden Unterschriften des Verlags vor.

Am Dienstag informierte sie Till de Winter persönlich, dass er gerade die letzte entscheidende Unterschrift geleistet habe. Ihr Puls pochte wie nach einem Dauerlauf.

Am Mittwoch wurde ihr der Künstlervertrag gefaxt. Warum paragrafierte man so viele Worte für ein paar Bilderbücher?
Holger hielt den Vertrag für akzeptabel. Er hatte sich vorher schlau gemacht.

Am Donnerstag sendete Ulla das Vertragswerk unterschrieben zurück. Rafael bestätigte den Empfang und erzählte aufgeregt, welche angesagte Galerie er für die Ausstellung gewinnen konnte. Ulla mochte ihm nicht gestehen, dass ihr der Name nichts bedeutete. Aber seine Begeisterung infizierte sie.

Am Freitag klingelte früher als erwartet der Fahrer vom Courierdienst. Er sollte die Negative abholen. Warum kostümierten sie die Boten in braunen Tarnanzügen, wie Bankräuber? Ulla hätte sich wohler gefühlt, ihre Hostien an einen Anzugmann mit Krawatte auszuhändigen.

Am Samstagvormittag ließ sich Holger von Isabel neue Boote und wer weiß was noch vorführen. Er kam in bester Laune zurück. 'OSIMOS' war verkauft. Am kommenden Samstag würde er mit Isabel eine Probefahrt auf einer kleinen Segelyacht unternehmen. Klein genug, um sie alleine segeln zu können. Groß genug für Klo und Kühlfach. Etwa auch eine Pritsche für Schäferstündchen?

Am Montag erlöste Rafael Ulla von ihren Ängsten. Die Negative waren beim Drucker eingetroffen. In der nächsten Woche sollte Ulla nach Paris kommen, um die Druckfahnen zu kontrollieren. Sie beschlossen: Montag anreisen, Dienstag im Verlag mit Rafael alles überprüfen, Mittwoch zurück. Ulla sollte den Flug buchen, Rafael das Hotel.

Im Reisebüro erwog Ulla, einen Tag länger in Paris zu bleiben. Aber alleine ohne Holger kam keine richtige Begeisterung auf. Außerdem stellte sich Holger ohne ihre Hilfe im Haushalt äußerst unbeholfen an. Für Ulla ein irreparabler Erziehungsfehler. Der ‚feine Jung‘ brauchte bei Muttern nie etwas zu machen.

Auf dem Rückweg sah Ulla im Vorbeigehen Isabel in ihrem Ship Shop. Die Galionsfigur telefonierte. Hoffentlich ruinierte die nicht mit ihrer Stimme das spanische Telefonsystem. Na, Hauptsache sie ruinierte nicht ihre Ehe. Holger verschreckte die Reibeisenstimme leider nicht. Plötzlich kam Ulla eine Idee, wie sie sich Klarheit verschaffen könnte. Sie wollte Holger ankündigen, einen Tag später zurückzukommen und ihn dann einen Abend vorher zuhause überraschen. So würde sie es endlich genau wissen.

Abends bemühte sich Ulla, ihren getürkten Reiseplan Holger möglichst gelassen mitzuteilen. Sie hoffte, dass er ihre Aufregung auf das Buchprojekt zurückführen würde. Er schien nichts bemerkt zu haben. Er stichelte nur mit der albernen Bemerkung: „Na, da wird sich Rafael ja freuen, dich drei Nächte alleine in Paris zu haben.“

Die restliche Woche verbrachte sie mit Kleiderproben und Kosmetikexperimenten vor dem Spiegel. Am Samstag kam Holger erst spät vom Probesegeln zurück. Der Wind war abgeflaut. Der Hilfsmotor bewegte den Kahn kaum von der Stelle. „Das Boot kommt nicht in Frage. Trotzdem habe ich es genossen, endlich mal wieder zu segeln.“
Hoffentlich nur segeln, grimmte Ulla im Stillen.

Am Montag fuhr Ulla mit ihrem Wagen so frühzeitig nach Malaga zum Flughafen, dass sie die letzten fünfzig Kilometer im Falle einer Panne auch hätte zu Fuß gehen können. Dementsprechend lange wartete sie bis zum Einsteigen. Ernste Zweifel hinsichtlich der Sicherheit des Flugzeugs kamen ihr schon beim Hinsetzen. Die Polsterung diente nur noch dekorativen Zwecken. Sie spürte jede Sprungfeder. Wie war es dann erst um die Tragflächen und Turbinen bestellt? Saß der Pilot wenigstens komfortabler?

Vom Hotelzimmer aus entwarnte sie Holger. Er schien allerdings nicht besonders besorgt. Der Charme ihres Hotels entfaltete sich erst am nächsten Morgen. Ulla spazierte ein paar hundert Meter am Seineufer entlang zum Verlag. Die Wolkenschicht vergraute den Himmel, das Wasser und die Häuser aber nicht ihr wohliges Kribbeln.

Rafael begrüßte sie überschwänglich mit französischen Küsschen. Bis zum frühen Nachmittag suchten sie zusammen in dem Probedruck des Bildbands nach Fehlern oder Verbesserungswürdigem. Ulla hob bald wieder begeistert ab. Diesmal, weil sie zum ersten Mal ihre Fotos im Buchformat sah. Auf dem Laptop bei ihr im Atelier erschien ihr das noch mehr wie ein Spiel, nicht wirklich real. Heute berührte sie jede Seite andächtig. Wie edel sie sich anfühlten! Die Qualität des Papiers und Farbdrucks übertraf ihre Erwartungen.

Nachmittags stellte Rafael seinen Kollegen Felix aus Frankfurt vor. Felix leitete das Projekt für den DM-Bildband. Er hatte parallel schon alles kritisch durchgesehen. Ulla brauchte nur noch blättern und abnicken. Jede neue Seite weckte uralte Erinnerungen. Wie jung sie da noch gewesen war. Bei diesem Bild hatte Holger sie angesprochen. Eine Glücksträne geriet ihr außer Kontrolle. Ulla schämte sich vor den beiden Profis.
Rafael galantierte lächelnd: „Wie herzig! Und ich dachte schon, du wärst aus Kruppstahl."
Rafael lud Ulla und Felix zum Abendessen ein.

Vom Hotel aus flunkerte Ulla Holger vor, dass morgen der DM-Bildband dran käme. Sie konnte sich nicht erinnern, sich je so schäbig gefühlt zu haben. Und das an so einem Tag! Sie wusch sich danach zehn Minuten Gesicht und Hände. Trotzdem fühlte sie sich schmutzig.

Im Restaurant stieß noch der Galerist dazu. Der exaltierte Halbkünstler sprach nur französisch. Ulla beglückwünschte sich, dass sie mit Natalie ihr Französisch aufpoliert hatte. Sie vereinbarten, dass sie morgen auf dem Weg zum Flughafen vorher bei ihm in der Galerie reinschauen würde. Dann wollte er ihr seine Ideen für die Ulla Allu Ausstellung präsentieren.

Dass Ulla trotz all dieser Aufregungen so tief schlief, lag sicher an der Fülle des Bordeaux', den sie genossen hatte. Als sie aufwachte, überschattete ihr verwerflicher Plan alles Denken. Selbst die Vorfreude auf den

Galerietermin verblasste. Immer wieder stach sie die Lüge. Gleichzeitig lockte das erhoffte Wissen über Holgers Treue. Es ärgerte sie, dass sie sich nicht gebührend mit der Ausstellung beschäftigte. Nur das war jetzt wirklich wichtig.

Was würde sie durch die Täuschung schon gewinnen? Es gab nur zwei Möglichkeiten. Wenn Holger brav zuhause weilte, müsste sie sich schämen, an ihm gezweifelt zu haben. Wenn sie ihn mit Isabel erwischen sollte, würde sie noch unglücklicher sein. Also konnte sie nichts gewinnen, außer Wissen. Aber was für ein Wissen. Wissen, das einen in jedem Fall unglücklich macht, ist verfluchtes Wissen. Müsste sie sich nicht obendrein auch noch kritisch fragen, ob sie nicht durch die vorgetäuschte Abwesenheit Holger erst die Gelegenheit zur Verfehlung lieferte? Wäre sie nicht im negativen Fall am Ende selbst schuld? Darin lag kein Segen, entschied Ulla. Das erinnerte sie an Holgers Rat im Zusammenhang mit ihrer Sehnsucht, die Zukunft zu kennen. ‚Nicht im Wissen um die Zukunft liegt der Segen sondern darin, sie selbst aktiv zu gestalten.' Nur, was bedeutete schon ‚aktiv gestalten', wenn man befürchtet, der Geliebte geht einem Hafenluder auf den Leim? Ulla schmeckte Bitterkeit. Ratlos stand sie auf. Die heiße und kalte Dusche half auch nicht.

Erst das Gebimmel der Mobiltelefone im Frühstücksraum brachte sie auf die Lösung. Das Einfachste erkennt man mitunter am schwersten. Am liebsten wäre Ulla sofort auf ihr Zimmer gerannt und hätte Holger angerufen. Aber wenn sie ihn jetzt anriefe, würde er durchschauen, was sie vorgehabt hatte. Schweren Herzens verschob Ulla das Telefonat auf später. Sie fühlte sich jetzt schon genesen.

Die Galerie belegte das Erdgeschoß eines historisch restaurierten Stadtpalasts. Zurzeit wurden Computergrafiken in Siebdrucktechnik ausgestellt. Groß, grell und grob. Für Ullas Geschmack zu leblos und künstlich. Wie sollte man damit sein Heim wohnlicher dekorieren? Dennoch schmeichelte die Vorstellung, dass ihre Kreationen hier demnächst Premiere feiern würden.

Eine halbe Stunde vor dem Einsteigen in das Flugzeug rief Ulla in der Bank an. Die Sekretärin bedauerte, dass Holger augenblicklich mit einem Kunden verhandelte und sie ungern stören wollte. Sie versprach, ihn über ihre vorzeitige Rückkehr zu informieren. Ulla empfand sich von der Sünde befreit. Fühlen sich so Katholiken nach der Beichte?

Bevor Ulla vom Parkhaus in Malaga losfuhr, rief sie noch mal Holger an. Normalerweise müsste er schon zuhause sein. Er meldete sich mit ‚digame' und gestand ihr: „Ich freue mich so, dass du heute schon kommst. Die beiden letzten Abende haben mir gar nicht gefallen. Das Haus ist ohne dich wie tot." Seine Stimme klang fröhlicher als gestern.
Immer noch etwas beschämt, doch gerührt und schwer verliebt brauste Ulla nach Sotogrande. Sie fand Holger im Wohnzimmer. Er las in einem Katalog für Segelboote. Sie umschlangen sich, als ob Ulla von einer Weltreise heimkäme.

Als Ulla die Schiffsprospekte erkannte, schlug sie vor: „Willst du nicht mit dem Neukauf lieber warten, bis wir wissen, wie viel uns GP beschert. Vielleicht kannst du dir dann ein noch tolleres Boot leisten."
„Das ist lieb. Aber ich bin mit dem, was wir haben überaus zufrieden. Ich wusste es nur vorher nicht. Jetzt kommt unser Lebensabschnitt ‚disfrutar'. Damit meinen die Spanier Genießen. Für mich klingt es wie Früchte ernten."
‚Disfrutar', das Wort hüllte Ulla in eine Wolke des Glücks. Nie und nirgends hatte sie sich so heimisch und geborgen gefühlt.

Später beim Essen gestand Holger ihr verlegen: „Ich befürchtete schon, Rafael würde dich heute Nacht vernaschen. Länger als zwei Tage hättest auch du seinem Charme nicht widerstehen können."
„Das ist so süß." Ulla schüttelte sich vor Lachen.
„Was . . .?" Holger schaute sie verunsichert an.
„Dass du das nie merkst. Rafael ist doch homosexuell."
„Bist du sicher?"
„Frauen merken das meistens sehr bald. Aber sag mir mal lieber, was mit Isabel ist."
„Du meinst, mit mir?" Holger blickte sie erschrocken an: „Isabel ist doch eine von den ganz Dunklen. Vor denen muss ich mich in Acht nehmen. Meine Mutter sagt, die bringen blonden Jungs Unglück."
Was für ein beruhigender Quatsch, dachte Ulla erleichtert. Dann hatte ihre Schwiegermutter dem verwöhnten Einzelkind also doch etwas Nützliches beigebracht.

ENDE